魔豆

魔豆

神使繪卷

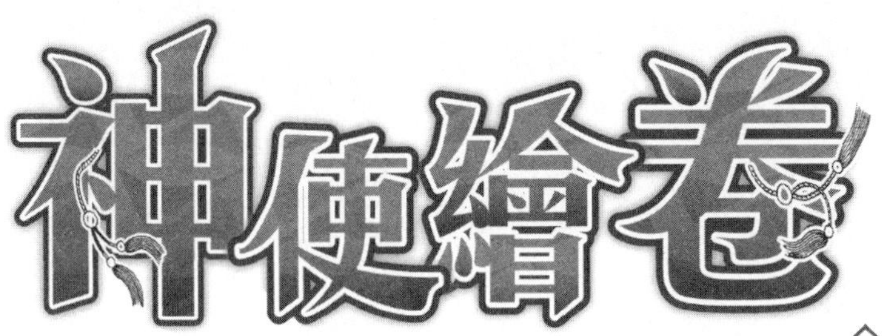

The Story of GOD's Agents 番外

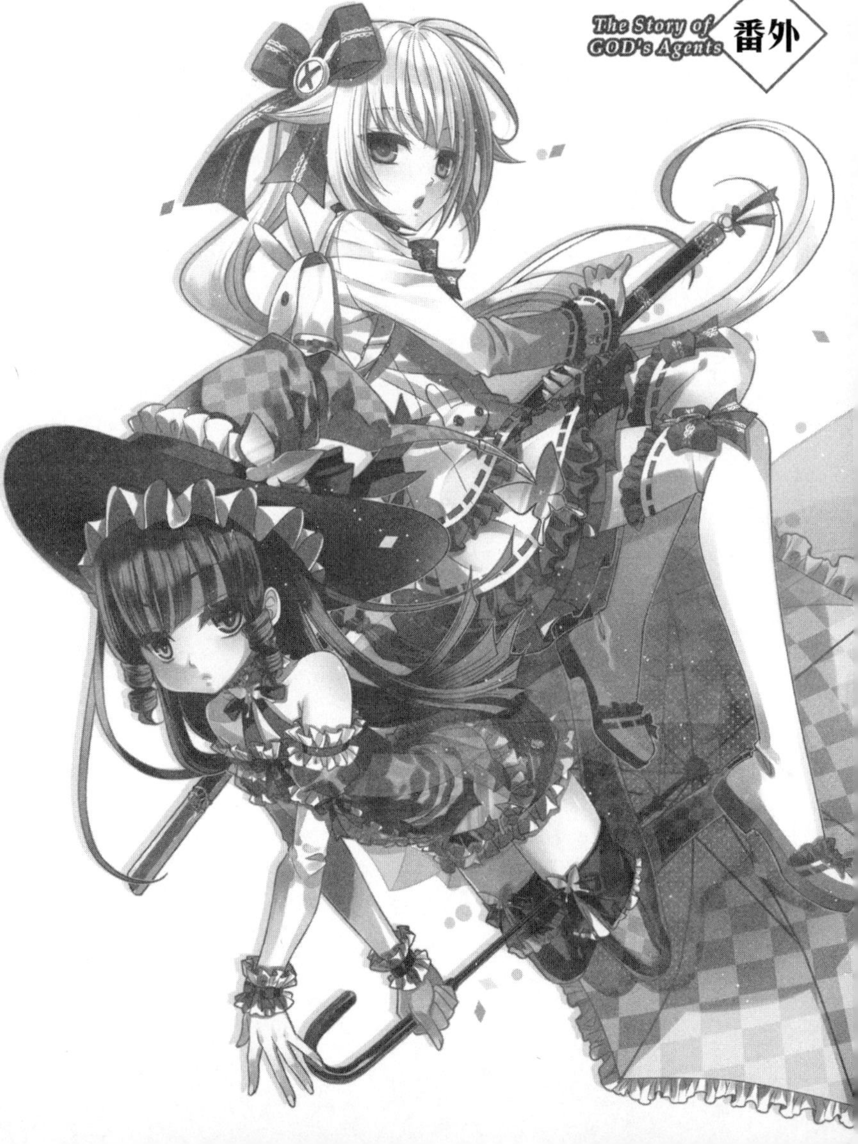

目錄

【人物介紹】

曲九江

繁星大學中文系三年級。
是半妖，也是神使。
是對周遭漠不關心的型男。
出乎意料熱愛某種飲料！

宮一刻/小白

繁星大學中文系三年級。
眼神凶惡、個性火爆，
但喜歡可愛的事物。
是為神使，也具半神身分。

黑令

黑家狩妖士家的少主。
身高超過190，靈力極高。
幾乎對任何事不感興趣，
沒幹勁，不在意自身安危。

柯維安

繁星大學中文系三年級。
腦筋靈活，卻缺乏體力。
文昌帝君的神使，是個
最愛蘿莉的娃娃臉男孩。

符芍音

現任符家狩妖士家主。
白子，擁有白髮與紅眼。
缺乏表情、話語簡短，有時
會出現老氣橫秋的一面。

楊百罌

繁星大學中文系三年級。
班上班代，個性高傲、
自尊心強，責任心也重。
現為楊家狩妖士當家家主。

安萬里

神使公會副會長。目前是休學狀態。
文質彬彬，但其實……
妖怪「守鑰」一族。

范相思

神使公會執行部部長。
看起來約莫高中生年紀。
個性狡猾，愛錢無人比！

珊琳

擁有操縱植物能力的女娃。
真實身分是山精，
亦為楊家的下一任山神。

蔚可可

西華大學外文系三年級。
個性天兵，常讓兄長與一刻頭痛；但開朗易結交朋友。
淨湖神使。

胡十炎

神使公會會長，六尾妖狐。
擁有天真無邪的面孔，惡魔般的毒舌。魔法少女夢夢露的狂熱粉絲！

秋冬語

神使公會一員。
在與「唯一」的大戰中化為碎片。公會開發部正積極尋找希望的曙光……

張亞紫

繁星大學文學同好會顧問，真實身分為文昌帝君，同時也是柯維安的師父。
神使公會中唯一的「神」。

蔚商白

西華大學法律系四年級。
個性嚴謹、認真，高中時曾任糾察隊大隊長。
淨湖神使。

楔子

符家別館的客廳裡。

一雙鮮紅色大眼睛瞬也不瞬地盯著某個地方看。

乍看之下，像是不知凝望著虛空中的哪一點。畢竟鮮紅眸子的主人有著一張讀不出表情的稚幼臉蛋，令人難以捉摸出她是不是眞的在看什麼，或者只是單純在發呆而已。

但事實上，符芍音的確是在凝視著高掛在牆上的月曆。

月曆上頭標示的數字，顯示出目前是二月份。而多排黑色交錯著紅色的數字，就正是符芍音的凝視目標。

半晌過後，符芍音面無表情地吐出一口氣，從懷中掏出筆，踮高腳尖，伸長了手臂，在其中一個數字上圈了一個大大的紅圈。

在旁跟著自家小小姐也看了好一會的陸梧桐，卻完全不了解對方的行為代表著什麼意義。他一頭霧水地望望月曆，再望望符芍音。

「小小姐，那個數字怎麼了嗎？」陸梧桐摸摸後腦勺，虛心地求教著。

「重要。」符芍音簡潔有力地說。

「喔喔！」雖然嘴上直覺這麼附和，但陸梧桐其實還是不明白那一天究竟有什麼重要性。在他看來，不是假日的日子一點意義也沒有，還得心不甘、情不願地去學校唸書。不去的話，自家老爹會狠狠地一腳踹在自己屁股上，把人踢出大門。

學那些三五四三的到底能幹嘛啊？對上菜市場買菜殺價也沒啥幫助……陸梧桐心裡碎碎唸著，卻也沒將眞心話說出來。

畢竟他討厭上學是一回事，他們的小小姐，符家現任的家主，是絕對要好好地唸書，這樣才能成長爲一個亭亭玉立的大小姐。

見符芍音仍用著嚴肅的表情仰望著月曆，陸梧桐猜想，也許那是某個人的生日吧。也許是那個有著一張娃娃臉，看起來像是國中生，可年紀比他和小伍都還大的傢伙。

雖說和符芍音不同姓，不過那人如今也是符芍音名義上的兄長了。

只是，陸梧桐仍然不喜歡對方。

陸梧桐撇撇嘴，也說不上來是怎麼回事。那個叫柯維安的總是笑咪咪，看起來沒什麼威脅性，但每次看到對方和小小姐在一起，他的心裡就有種危險的警報在拚命響。

如果陸梧桐再精明一點，說不定他就會理解到，那是一種在防備變態的本能。

趁著符芍音沒注意，陸梧桐偷偷打了個呵欠。二月的天氣如果沒碰上寒流或鋒面來亂，有時就會像今天一樣溫暖。加上陽光從客廳裡的凸窗照射進來，更讓人覺得暖洋洋的，就連瞌睡蟲也被喚醒。

假使不是還記掛著責任，陸梧桐可能就直接找個地方睡午覺去了。

可是上面的人有交代，現在小小姐的身分不一樣，同時還是統率他們符家的家主，最好時時刻刻都有人陪伴在她身邊，免得她突然心血來潮，偷偷摸摸玩起了離家出走的遊戲。

「符」乍看下是個平常的姓氏，但在狩妖士這個行業裡，卻有著截然不同的含意。因爲符家，正是位居於狩妖士頂點的三大家族中的其中一家。

這無異也說明了符芍音的身分有多重要。

而陸梧桐和伍書響，可說是符家裡輩分最小的，地位也不算高，但卻是符芍音願意接受陪伴的兩個人。因此照顧符芍音的責任，往往都會落在他們身上。

這一日，兩名年輕人就陪著符芍音來到了別館——比起本館，後者向來喜歡窩在別館內打發時間，不管是發發呆或看看書都好。

而伍書響臨時有事先離開一會，所以現在就只有陸梧桐在照看著符芍音。

嚴格來說，陸梧桐不討厭這項工作。既輕鬆，又可以待在小小姐旁邊，除了要理解小小姐過於簡潔的話語，有時眞是件難事。

例如現在。

「睡。」符芍音不知道什麼時候湊近，言簡意賅地對著陸梧桐說道。

陸梧桐剛要逸出的呵欠連忙吞下，腰桿也下意識地打直，「沒沒沒！我沒有要偷懶睡覺的！小小姐妳千萬不要誤……」

見符芍音搖搖頭，陸梧桐噎了一下，接著遲疑地換了另一項猜測。

「呃……小小姐，妳是想睡午覺了嗎？」

符芍音還是搖搖頭。

陸梧桐有點沒轍，暗怒伍書饗說只是離開一下，怎麼到現在還沒回到別館來，否則就可以兩個人一起煩惱了。

符芍音顯然也明白自己說得太短，讓人難以猜透意思。她往懷中一掏，摸出了紙，但她低頭望著手上的紙與筆一會，忽地又搖頭。

「不，要訓練。」符芍音的眉宇閃過一抹決心。

「小小姐？」陸梧桐愈發摸不著頭緒了，「妳要進行狩妖士的訓練嗎？」

「不。」符芍音雙手舉起，在胸前比出了一個「×」，隨後她指指陸梧桐，雙掌闔起放在臉邊，擺成睡覺的手勢，「你睡，休息。」

這下子陸梧桐終於恍然大悟，連帶也明白對方先前說的「睡」是什麼意思。

小小姐這是在關心自己……要自己去睡個午覺，好好休息啊！

少男心總是纖細敏感，尤其是時常得接受嚴苛訓練的年輕狩妖士們。在他們眼中，符芍音根本就是沙漠中的綠洲，豬籠草堆中的一朵鮮花，就算說是女神般的存在也不誇張。

只要符芍音一開口安慰他們，往往就能見到一票年輕人激動得嗷嗷吶喊。

陸梧桐立刻感動得熱淚盈眶，眼睛也紅了一圈，「原來小小姐這麼關心我……」

「嗯，關心。」符芍音認眞地點頭，「所以睡。」

「沒問題！我這就馬上來……」陸梧桐反射性就要大聲應好，可猛地回神過來，「不對啊，小小姐，我去睡了就沒人陪著妳了。還是等小伍……」

「獨立，堅強。」符芍音拍拍胸口，小臉抬得更高，「不用陪。」

「可是……」陸梧桐緊抓住最後一絲責任感，左右爲難地說，「小小姐，妳要答應我，絕對不能亂跑到陌生的地方。」

「答應。」符芍音的食指和中指合併置於額角處，看上去有幾分童子軍立誓的意味。

陸梧桐一顆心頓時放了下來。他知道符芍音不會說謊，既然答應了，就一定會做到。加上符芍音也咚咚咚地往樓上跑，顯然是要自己找間房待著，他便不再猶豫，接受了好意，將身子往相中許久的長沙發一扔。

在陽光的沐浴下，陸梧桐伸展著手腳，很快就陷入夢鄉，還作了一個被大量機器人模型包圍的美夢。

渾然不知跑進自己專屬房間的符芍音，不但沒有好好待著，反倒是轉圈圈般開始收拾起東西。

兔子背包，很重要，帶帶帶。

手機，很重要，帶帶帶。

錢包，很重要，帶帶帶。

兔子洋傘……

符芍音抬頭望向窗外，明亮的陽光讓她馬上將洋傘也列入清單裡，再從衣櫃拉了幾件衣物出來，塞進包包。

很快地，符芍音把自己包得密密實實，揹好背包，完成了出遠門的打扮。

「哥哥家，不陌生。」符芍音把傳完訊息的手機放入口袋裡，絲毫不認爲自己有違反與陸梧桐的約定。

推開房間窗戶，探頭看了看，確定四下都沒人後，側邊紮綁著長長馬尾的白髮小女孩，靈巧地爬出窗子，撐開洋傘，向外跳了下去——

伍書響抱著團購蛋糕跑回別館時，映入眼中的就是陸梧桐在沙發上呼呼大睡的一幕。客廳裡完全沒見到符芍音的身影。

「靠！」伍書響大吃一驚，蛋糕差點從手中滑下，「這是什麼情況？」

爲了避免讓要給符芍音的蛋糕有絲毫損傷，伍書響趕緊先衝至廚房，小心翼翼地把蛋糕送進冰箱裡，再急驚風般回到客廳，狠狠一腳踹向沙發上的陸梧桐。

「小陸！」

「幹！」

怒吼和驚嚇的大罵接連在客廳內響起。

陸梧桐怒氣沖天地彈坐起來。好端端的被人踹醒，任誰都會火大得不得了。一瞧見凶手是伍書響，他滿肚子的抱怨像子彈一樣就要衝出嘴巴。

然而伍書響看起來比他還要火大，也比他還要快一步地大叫出聲。

「小陸，你是豬啊！睡個屁！不是叫你負責陪著小小姐，小小姐人呢？爲啥就只剩下你一個？」

「啥啥啥……啥啊！」陸梧桐的氣勢一開始被壓制住，隨後也不甘示弱地拔高了音量，「是小小姐叫我睡我才睡的，而且我明明是見到小小姐上樓去了才睡好不好？你到樓上找過人了嗎？你這個呆子！」

「我……」伍書響不禁語塞，他的確還沒上樓，可他立即找到反駁的理由，「你才是呆子！要是小小姐眞的在樓上，她聽到我們的聲音，應該早就出現了！」

「說不定小小姐睡著了啊！」

「她又不像你會睡得跟隻豬一樣！」

兩人氣沖沖地互瞪了好幾秒，接著像達成共識般，拔腿就往樓上衝。

符芍音在別館有三間專屬房間，分別是星星房、公主床一號房、二號房。

不過保險起見，伍書響和陸梧桐還是從二樓的房間一間間找起。

等兩人找到星星房時，伍書響瞪大了眼，陸梧桐則張大了嘴。

星星房的衣櫃門沒有掩上，明顯少了幾件衣服，兔子背包和兔子洋傘也不見了。

窗戶還大開著。

這代表什麼？

伍書響先是臉色發白，接著氣急敗壞地漲紅臉。他二話不說地轉過頭，兩手用力抓著陸梧桐猛搖晃。

「你還說小小姐在樓上睡覺？睡你的大頭鬼啊！」

「我我我……」陸梧桐被搖得沒辦法好好說話，好不容易終於掙脫伍書響的手，他咳了幾聲，乾巴巴地擠出聲音，「但、但是，小小姐分明答應我，不會亂跑到陌生的地方……」

伍書響有時眞想撬開自己搭檔的腦袋瓜子，看看裡面是不是眞的只裝了豆腐渣。

「陸梧桐你這個白痴中的白痴！」伍書響咬牙切齒地說，「我問你，什麼叫陌生的地方？不認識、沒去過的，對吧？那繁星市呢？那對小小姐來說難道叫陌生嗎？」

陸梧桐驀地瞪圓了眼，反應過來自己的要求有太多漏洞可鑽。

「怎麼辦？小伍，難道去跟長老們報告嗎？」

「那就換我們的皮被扒了……問題是也不可能知情不報，總之、總之……」

「總之啥？你快想啊！」

「王八蛋，婁子是你捅出來的，還好意思要我想？」伍書響嘴上這麼咒罵著，腦子卻飛快地運轉。不管怎麼說，如果懲罰下來，自己有連帶責任，想想怎麼解決問題還比較重要，「小小姐有沒有留下什麼線索？她有沒有做什麼不尋常的事？」

「嗯……啊！月曆！」陸梧桐靈光一閃，擊掌大喊道：「小小姐一直盯著二月的那面看，還在一個數字上畫了圈圈，說是很重要的日子。」

乍聞真有線索，伍書響連忙追問是什麼數字。等他得知那是二月幾號時，臉卻又變得白了幾分。

「怎了？那天有啥不對嗎？」陸梧桐狐疑地問。

「有啥不對……」伍書響決定，等找回符芍音後，他絕對要申請換搭檔，陸梧桐有時真的是太蠢了，「你居然還問我有啥不對？那天是小小姐的開學日啊！」

「咦——咦咦咦咦!?」陸梧桐震驚不已，他結結巴巴地說，「可是、可是，小小姐的寒假作業不是還在我們那……」

「對，而且她還沒寫完，長老們要我們顧好小小姐的同時，也要監督她有沒有寫完作業。」

「也就是說……」陸梧桐的臉上寫著「大事不妙」。

伍書響悲慟極了，他衝到窗口前，對著空無一人的窗外吶喊：

「都快開學日了，爲什麼要離家出走啊，小小姐！要離家出走的話，好歹也帶上我們和寒假作業啊啊啊啊啊——」

第一章

一雙染著金耀色澤的大眼睛，瞬也不瞬地盯著某個地方看。

那是一座疊得如同小山高的文件。

而在小山之後，還有著多座大山，綿延形成了勢力龐大的文件山脈。

神使公會的會長辦公室裡，貴爲會長的胡十炎正滿臉嚴肅，看著自己桌上和桌下快要發展成一個小小王國的報告書。

完整名稱是「要給會長大人一一看過，並一一審核的報告書，們」。

重點就在「一一」和「們」上面。

前者表示胡十炎必須一個也不漏地看過。

後者表示數量是複數以上。

胡十炎仍維持著同個姿勢，靠坐在他豪華的董事長椅內，雙手抱胸，一雙腿不客氣地擱在桌面上。

即使外貌看似幼小，宛如十歲孩童，可這姿勢由胡十炎來做，就有種難以言喻的霸氣和威嚴。

假使有其他的公會成員沐浴在他的眼神下，第一時間就會反射性地恭敬立正站好。

只可惜，此時也在辦公室的另一人，完全不在「其他」的行列之中。

「你已經盯著這些文件很久了，十炎。」一道聲音溫和親切地說，「就算你盯上一整天，它們也不會長出一片葉子或一朵花的。」

聲音忽地滲入了一抹愉悅。

「噢，更不用說它們會自動完成批閱。要知道，如果你不親自拿起它們、打開它們，它們就不會……」

「吵死了，老妖怪！你廢話的程度為什麼就不能和你的體型一樣，縮成短得不能再短呢？」胡十炎大聲咂舌抱怨著。

「事實上，這不是短，而是迷你。」聲音主人從文件山的陰影下走出。他的身形和常人相較真的太小了，就像尊人偶娃娃似的。

然而公會上下，可沒有人敢因為他的外型縮水便有所看輕。

別開玩笑了，那可是副會長……就算個子變得迷你，心也還是黑得嚇人的副會長啊！

「更不用說，我只是在盡副會長的義務，提醒會長大人哪。」戴著眼鏡，穿著標誌性格紋襯衫的黑髮男子微微一笑，小心地不讓自己撞到任何一座文件山。畢竟以他現在的大小，山一塌，可會把自己活埋的。

「如果你不是笑得那麼幸災樂禍，大爺我說不定會相信個百分之十。」胡十炎放開抱胸的雙手，沒好氣地說，可緊接著他露出了思索的表情。

很快地，那雙金耀眼眸倏地大亮。

「義務……就是義務啊！」胡十炎愉快地高聲說，為自己的天才腦袋感到驕傲，「那先幫會長看完一輪報告，就是副會長的另一項義務！」

「請恕我拒絕。」安萬里回答得乾脆俐落，「我很確定副會長沒有這個職責。」

「你在說什麼蠢話？」胡十炎嘴角揚高，那笑弧給人一種狡猾狐狸的感覺——雖說他的確就是狐狸沒錯，「本大爺是公會的最高掌權者，對吧？那麼我新加的規矩，在我底下的人就得好好遵守。所以，這些工作通通交給你了，安萬里。」

「那麼，我只好去找帝君了，十炎。」安萬里推推眼鏡，黑瞳刹那閃過碧光，成了鮮碧色的眼眸，「不曉得帝君知道我們公會的會長想怠忽職責，會怎麼想呢？」

胡十炎的小臉頓時垮了下來。

怎麼想？身為文昌帝君的張亞紫，肯定會連同情報部的報告一塊推到他和安萬里的頭上，省了她的麻煩。

安萬里擺明就是「要死不如大家一起死吧，誰也別想逃過」。

「馬的，你這個心黑的老傢伙……」胡十炎惱火地將頭往桌面一撞，不想再抬起來面對那些多得不像話的文件了。

「我會把這當作讚美的。」安萬里笑吟吟地說。

「冬語妳說，爲什麼本大爺當初會找了這麼討厭的傢伙當副會長啊……」胡十炎埋著臉，悶悶地說，「連幫會長把工作做完都不會，要他何用。」

沒有人回應胡十炎的抱怨。

但就在下一秒，辦公室裡採光最好、能照到最多陽光的窗台上，一個小巧的盆栽有了奇異的變化。

栽種在花盆裡，彷若鮮紅結晶凝成的葉片，小幅度地晃動了下。

隨著這個動作，藉由數條線路與盆栽連接上的螢幕，驀地浮現一排文字。

老大……加油……

「小語叫你加油呢，十炎。」安萬里笑容滿面地唸出螢幕上的字，「那麼我就不打擾你了，預祝你有個愉快的工作天。噢，也許是好幾個工作天。」

沒想到就在這瞬間，螢幕上又浮出新的文字。

報告……也有要給副會長的。昨天……有聽到其他人在說……

當安萬里逐一唸完內容後，他的笑意僵住。

「啊哈！」反倒是胡十炎振奮地抬起頭，金眸裡毫不掩飾落井下石的光芒，「這下你也別想逃了，老妖怪！放心，本大爺會好好幫那些辛苦的部下監督他們的副會長。嘖嘖嘖，應該說，你就算想開溜也不可能的。」

胡十炎笑得愈發天真無邪，可與那張孩子氣的笑臉相反，平空浮繞在他身周的多簇金黃焰火，卻散發著危險的味道。

同時間，地板上的影子也發生了變化。

六條長長的影子就像漆黑的野獸，悄無聲息地從皮椅底下伸爬出來，越伸越長，直至幾乎佔領這間偌大的辦公室。

只不過短短一瞬，整個空間就籠罩在六尾妖狐驚人的妖力之下。

「哎呀哎呀，大爺我是一時昏頭了，才會忘記。」胡十炎的金色眸子因笑意而瞇得彎彎，像是夜空的弦月。他張開五指，細白的指尖「唰」地冒出鋒利如小刀的長指甲。

襯著那張甜甜稚嫩的笑臉，看起來說有多陰森就有多陰森。

安萬里不著痕跡地往後退了一步。

胡十炎坐在椅子上沒動，悠悠閒閒地又說，「憑你現在這小不隆咚的身子，我說向東，你只能向東；我說把報告看完，你就得把報告看完，對吧？」

「我必須要鄭重地抗議，這是暴政了，十炎。」安萬里表面神色不變，心裡則捏了一把冷汗。以他如今的力量，要和身爲六尾妖狐的胡十炎抗衡，可不是什麼聰明的決定。

但要安萬里認分地攬下全部批閱報告的工作，也是不可能的事，他更寧願把時間花在他的收藏品上頭。

鏡片後的碧眸精光一閃，就在安萬里打算出其不意地展現守鑰之力，替自己爭出逃脫空隙的剎那——

閉闔的辦公室大門霍然被一股力道從外頭撞了開來。

「嘎——有快遞！」

一道黑色影子閃電般橫衝直撞了進來。

「特務鴉團隊的快遞遞遞遞——咿啊！」

然後衝進了桌面疊得高高的一座小山裡，粗嘎的嗓子頓時拔成驚惶的慘叫。

文件瞬間如雪花灑落，不只將桌面覆蓋成一片白色，就連地板上也飄灑下多張。

金眸和碧眼不禁錯愕地瞪著這始料未及的一幕。

「嘎嘎！咳……呸！」從白色文件海裡倏地竄跳出一抹黑影。一隻黑色烏鴉抖了抖身子、拍了拍翅膀，使勁地揮開在眼前徘徊不去的金星，「怎麼那麼多紙啊……欸欸？這張還有點眼熟……喔喔！這個字跡！這不是主人她寫的……」

「正是出自范相思的手筆沒錯呢。」安萬里扶了下剛剛被氣流沖歪的眼鏡，一手往前輕輕一抹，解開及時設立在周身的結界，否則文件山垮成文件海，他人也要跟著被埋在裡面了，「你好啊，八金，今天又辛苦你送郵件過來了。」

「報告組織，不辛苦！特務鴉團隊，使命必達嘎！」聽見來自副會長的親切誇獎，八金也不管眼下究竟是何種狀況，反射性先跳起，舉起單邊翅膀，擺出個敬禮的動作。

「照理說，我的確是該誇獎特務鴉的效率，不過在這之前……」安萬里溫和地說道：「八金，我建議你先看一下十炎的臉色好了。」

老大？老大的臉色怎麼了？八金摸不著頭緒，下意識依言扭過腦袋，隨即淒厲的慘叫迸了出來。

「嘎啊啊啊啊！」

好可怕啊！

八金全身哆嗦，映入眼中的是胡十炎笑得陰惻惻、殺氣騰騰的表情，那銳利如刃的長指甲甚至還抵上了牠眼前。

「瞧瞧你幹的好事啊，八金。」胡十炎一字一字地說，青稚的嗓音沒有削弱他散發出的震懾力，反倒使威脅帶上幾分詭譎，「你知道你撞倒了什麼嗎？那些可是來自各部門的報告書呀。也許大爺我該扯下你的羽毛，再把光禿禿的你晾到外面。啊，再生起一堆火好了，做個煙燻烤鴉，你覺得怎樣？」

「不不不不！老大，求你高抬貴手啊！」驚恐的淚水幾乎要從八金眼中噴出，「小的眞的不是故意的！小的是……」

八金一個激靈，像抓到救命繩索般高亢大叫，「沒錯！小的是有非常重要的事要來向老大你們報告的！」

彷彿要證明自己所言不假，八金用力仰高腦袋，讓胡十炎看到有東西繫在牠脖子上。

胡十炎一挑眉，收了寒光爍爍的長指甲，反正他也只是故意嚇唬八金出氣而已。他將繫在八金脖子上的物體挑了下來，那是一份捆起的文件。

隨著紙張被胡十炎攤展開，裡頭的訊息也毫無保留地進入他和安萬里的眼裡。

「哎呀？」安萬里宛如吃驚般輕嚷一聲。

「喔！」胡十炎興致盎然地張大眼。

八金是隻好奇心很重的烏鴉，但牠也知道好奇心容易害死一隻鴉，更何況此時不溜，更待何時！牠馬上縮著頭，偷偷摸摸地往門口方向移動。

等大門近在眼前，八金迅速一拍雙翅，以迅雷不及掩耳的速度竄往美好新世界。

胡十炎豈會沒發現對方的小動作，不過他並不放在眼裡，他的注意力現在都被八金送來的文件給挑起了。

「這可眞是……」胡十炎金瞳閃晃著光芒，「這絕對要去幫忙一下才行呢。」

「不管是要幫什麼，我個人認爲在那之前……」安萬里傷腦筋地嘆口氣，「十炎，能不能先請你翻譯一下，紙上究竟寫了什麼？我想在其他人看來，包括我，那只是一堆黑色的貓腳印而已。」

安萬里說得沒錯，那封由八金送來、據說是重要文件的紙上，不是寫著密密麻麻的文字，赫然是遍布無數枚像梅花四處開綻的小巧貓腳印。

「太遜了吧，老妖怪，居然連這麼簡單的內容也看不懂？」胡十炎哼哼笑了兩聲，「沒辦法，本大爺就勉爲其難地告訴你吧，這是一封——來自無憂鎮的求助信。」

「無憂鎮……」安萬里眼中有鋒芒閃了閃，他知道這座小鎮。

無憂鎮同樣座落於繁星市，只不過不像神使公會是位於市中心，無憂鎮可說位於邊陲位置。

雖說兩地相隔遙遠，但無憂鎮與神使公會多有聯繫。最主要的原因，是那裡自行成立了一個妖怪管理委員會，主旨是讓人類和妖怪相安無事地在無憂鎮裡一同生活。

詳細細節姑且不論，安萬里記得最清楚的就是，那個委員會中的幾個幹部——都是貓妖一族的。

重點，他們是胡十炎的崇拜者。

如今粉絲有難求助，胡十炎又怎麼可能不答應分派援兵前往？

「求助的具體內容呢？」安萬里不拖泥帶水地又問。

「他們那最近常發生年輕女孩失蹤案。」胡十炎沒有特意吊人胃口，直截了當地說道：「不是普通的人類女孩，而是一些從外地到無憂鎮觀光的妖怪女孩。最奇怪的是，這些女孩子基本上失蹤不超過三天就會被人發現，毫髮無傷，卻也不記得發生了什麼事情。」

「這樣子，確實挺奇怪的……」安萬里無意識地摩挲著下巴，「假使把事情看成綁架，不劫財也該劫色，偏偏兩者都沒有。無憂鎮妖委會也沒查出什麼……唔，當我沒問好了。」

——要是真有查出什麼，就不會演變成要向神使公會求援的地步了。

「總之，大概情況就是這樣。」胡十炎一彈指，原先在辦公室裡倒塌散亂一片的文件瞬間全數回歸原位，排疊得整整齊齊，「無憂鎮是個奇特的地方，就讓幾個小朋友去見見世面吧，本大爺看不可思議社就挺適合。」

「這點我也同意。」安萬里點點頭，「那麼，就由我來聯絡維安他們吧。領隊的職責我也會責無旁貸地接下，你完全不用擔心哪，十炎。」

說著，安萬里就要躍下辦公桌，往外頭走去。

「呵呵。」胡十炎的回應是扯出一記冷笑，「給本大爺站住。」

嘖！安萬里暗地咂了一下舌，臉上仍維持著一貫和善的笑容。他轉過頭，彷彿不明白有哪裡不對地望向胡十炎。

「我什麼時候答應要讓你當領隊了？啊？」

「可是十炎，我們都知道無憂鎮是個奇特之地，一定要有個了解那裡的人來負責帶領維安他們才行。帝君不適合，她去的話，估計所有妖怪都想躲起來了。惠先生有警衛部要管；紅綃的手下雖然有不少人可以暫時代理她的位子，但她一去，只怕會抓不少實驗品回來研究；范相思和灰幻環島旅行去了，聽說還想忙著製造下一代。算來算去……」

安萬里露出再誠懇不過的微笑。

「不就只有我是最適合的人選了嗎？更不用說，我還能藉機和學弟們多多培養感情。自從『唯一』事情落幕後，我因為無法恢復原來大小，只能先辦理休學……」

「少說得那麼好聽，誰不知道你就算休學了，還是一天到晚去蹭社辦的書來看。」胡十炎大翻白眼，「你一個七百多歲的老妖怪就別在那邊裝大學生了，大爺我怕太反胃，忍不住吐了。」

「那我會記得先拿個盆子給你，再退離現場的。」安萬里說，「於情於理，就由我去吧。我相信以十炎你的英明，能夠做出恰當的判斷。」

「我本來就英明神武了。」胡十炎毫不臉紅地自誇著，可一雙金眸不減銳利地緊緊盯住安萬里不放，「所以，英明神武的本大爺判斷，無憂鎮當然是由我負責去！」

話聲落下的剎那——

坐在椅上和站在地板上的一大一小人影，簡直就像比拚似的，同時快若閃電地疾衝向辦公室大門。似乎只要誰先衝出去，就能攬下前往無憂鎮的責任，逃避辦公室裡綿延不絕的文件山脈。

說時遲、那時快，半掩的門板冷不防再次被人自外推開，正巧撞上了衝來的胡十炎和安萬里。

推門的力道不大，然而胡十炎和安萬里的衝力卻用過頭，當場讓前者摀著鼻子向後跌坐，後者則因爲體型關係，猛地被撞飛出去。

目睹一切的結晶盆栽擺動葉片，螢幕上閃現出簡單的幾個字。

節哀……順變……

紅綃可沒想到自己只不過隨意一推門，居然這麼簡單就達成「成功擊倒會長和副會長」的成就。她眨眨眼，千嬌百媚的臉孔上忍不住浮現了訝然。

不過那抹訝異很快又消隱不見。

對於身爲實驗狂人的紅綃來說，研究上有新發現或是產品有新突破，還比較能讓她有成就感。

身披白長袍，裡頭穿著暴露大膽的開發部部長，將垂散在肩前的粉紅鬈髮撥至肩後，一雙妖冶的桃紅眼眸掃視了會長辦公室一圈，不忘對窗台上的小盆栽打了個招呼。

「妳好呀，小語，今天的感覺怎樣？」

螢幕上浮現出「很好」兩字，葉尖還很有禮貌地點晃幾下。

紅綃登時喜上眉梢。獲得重生的秋冬語（植物狀態），可說是他們整個開發部的心血結晶，能夠見到對方生氣蓬勃的模樣，對他們而言就是莫大的鼓勵。

「痛死了……紅綃，妳來做什麼？」胡十炎揉揉鼻尖站起。就算和佇立門邊的紅綃有著明顯的身高差，但他就是有辦法擺出居高臨下的態度。

「奴家是有事來找副會長的。」紅綃一點出目的，當即讓跌落在某個巨大家具上的安萬里困惑地撐起身子，目光飛快看了過來。

「喔，終於要再徵召他成爲實驗對象了嗎？」胡十炎立刻興致全失地揮揮手，「他就在……反正就在這辦公室裡的某一處，妳自己拎走吧。沒有研究個十天半個月，千萬別放他出來。」

「老大，你在說什麼？奴家的部門在一年前就把副會長研究個透徹了。對奴家來說，已經是個毫無新鮮感的男人了哪。」紅綃掩著唇，柔媚的嗓音吐露出容易引人遐想的話語。

被稱爲「毫無新鮮感的男人」的安萬里只能摸摸鼻子，不過他還眞寧願自己不再具備新鮮感。淪爲開發部實驗對象的那段時日，各種意義上……都讓他不願再回想起分毫。

「有什麼事是需要我的嗎？除了被實驗。」安萬里輕撢了撢自己身上沾到的灰塵，身形一個閃晃，下一秒就出現在紅綃面前。

「副會長，你之前拜託我們部的事，已經完成得差不多了，奴家就是來找你過去看看成品的。」紅綃的艷容上閃過熱烈神采，「奴家很想趕緊看到成果，甚至還爲此犧牲了和帝君纏綿的機會……」

「慢著！」胡十炎不得不出聲打斷，「紅綃，妳幾天沒睡了？」

「才短短半個月，這完全不算什麼的！」紅綃語氣越來越高亢，眼神也越來越狂熱，「等成品一交到副會長手上，奴家就可以馬上和帝君一起去度蜜月……啊啊，帝君、帝君，奴家只要一想到妳，就覺得亢奮得不能……」

「部長啊啊啊啊！」

「妳怎麼獨自跑到這裡來了？」

「妳眞的該去睡了！求求妳快去睡吧！」

紅綃高昂的喊聲霍地被另一陣心焦如焚的大叫蓋住。

一票同樣穿著白大衣、成員有男有女的小隊伍從另一端衝了出來，手忙腳亂地就想把因爲長期熬夜未睡，導致情緒沸騰到頂點的開發部部長，從會長辦公室前拖走。

紅綃怒不可遏，「你們這是想幹什麼？想阻止奴家和帝君的甜蜜未來嗎？信不信奴家立刻就將你們一個個五花大綁地掛在外頭！」

開發部成員煞白了臉，連忙對正副會長投予求救的目光。

要知道，就算紅綃外表看起來再怎麼嬌弱，那也是能坐上部長位子的大妖怪。單憑她一人之力，要碾壓自己部門全體也不是不可能的事。

胡十炎揉揉額角。平常的紅綃最多是個瘋狂的科學家，長期熬夜的紅綃可就是一個瘋狂度翻上數倍，還不懂約束內心企圖的科學家。假使放任她亂來，後果簡直不堪設想。

「眞是的……給本大爺消停一下吧。」胡十炎身下影子猝然如一束閃電快速逼近，在誰也尚未察覺異樣之際，影子末端似針尖般往紅綃身上戳刺。

陷入混亂狀態的開發部部長眼一閉、身子一軟，登時就像被剪掉提線的人偶，軟綿綿地滑落地。

「部長！」

「部長!?」

幾名紅綃的下屬又是一陣兵荒馬亂，但總算是及時扶住她。

這場小騷亂最終因爲紅綃的昏迷而落幕。

「快把你們部長送回她房間吧。」胡十炎朝開發部一干人揮揮小手。

早在他聽見紅綃吐出自己在和張亞紫交往的話語時，他就知道對方肯定又沒睡了，才會把妄想當作事實。

在這邊大呼小叫也就算了，萬一被同是帝君崇拜者的灰幻聽見，那混亂馬上就能升級成戰亂。

雖然說灰幻此時人不在公會，但凡事都架不住有個萬一嘛。

身爲實力高強、地位也超高的六尾妖狐，胡十炎其實挺相信那些機率微小的巧合的。因爲換個方面想，那同時也可以稱之爲「希望」。

一年半前，胡十炎就等到了他的希望。

開發部的成員不曉得他們老大想到了什麼事，那張稚嫩可愛的小臉上忽地流露微笑。不過他們可清楚得很，趁著胡十炎心情正好，趕緊抬著上司撤退才是上上策，否則一不小心踩到什麼地雷，就怕一條黑色的大尾巴冷不丁地甩抽過來，將他們不客氣地全抽出走廊圍牆外，免費讓人體會一把室內自由落體的感受——不具備安全防護的那種。

只見穿著開發部專屬白袍的男男女女忙不迭朝胡十炎和安萬里行了個禮，便火速扛著他們失去意識的上司往另一方跑。

沒想到剛跑一段路，一小隊人馬驀地又停了下來。

饒是胡十炎也不免挑高眉梢，不明白開發部的人今天是怎麼回事。

很快地，一名個子嬌小的女性就被推派出來當代表，她慌慌張張地跑過來，用力彎腰鞠躬，臉上有著不自然的紅潮，似乎整張臉隨時會炸個通紅。

「副會長，要麻煩你跟我們一起回去看成品，就是你之前委託的『安萬里二號』。還、還有老大，也要麻煩你這幾天盡量待在公會裡了。有些研究，我們打算看適不適合用在冬語的身上……成功的話，也許能、也許能再加快生長期的速度！」

這名嬌小女性結結巴巴地交代完畢，又使勁一鞠躬，接著慌慌張張地跑回隊伍。

耳力極佳的胡十炎和安萬里還能聽見對方壓低聲音，難掩激動地嚷：

「我終於和老大面對面說上話了！不愧是我們貓妖族的偶像，就是帥、好帥、超級帥的啊！以後我的交往對象，一定是要能成爲像老大那麼帥氣狐狸的貓！」

安萬里搖搖頭。完了，就連篤信科學的開發部都淪陷了，繁星市的貓估計都被洗腦成貓狐本是同出一源了吧。

胡十炎則是理所當然地收下那些讚美。在他看來，那完全就是一番大實話，一點也沒有誇大的成分，大爺他本來就超級帥。

沒有多留意開發部其他人像是在忍耐某種痛苦的扭曲表情，胡十炎眸光一轉，犀利地盯住安萬里。

「老妖怪，『安萬里二號』是什麼玩意？」

「正確來說，是方便我外出行動的一個，嗯……殼。」安萬里微笑地解釋道：「你知道的，十炎，我這體型著實不方便，所以我就拜託了開發部。只不過我也沒想到，紅綃他們那麼快就搞定了，想必這也是所謂的命運吧。」

胡十炎的眼神赤裸裸地寫著「大爺我聽你在放屁」。

「你看，小白他們需要有人來帶領他們執行任務的時候，我的外出殼也這麼剛好地完成了。這不是命運，這是什麼呢？」自動屏蔽掉胡十炎鄙視的目光，安萬里臉不紅、氣不喘，眞誠萬分地繼續說下去。

「這是冥冥中有註定，要讓我去和學弟們培養感情呢。而且十炎你也必須留在公會裡，不是嗎？小語的事可是比什麼都重要，對吧？」

「那還用說，冬語可是本大爺的寶貝女兒。」發現安萬里欲開口，胡十炎抬起手，金眸嫌棄地睨了對方幾眼，「行了，快滾吧。我會再把無憂鎭聯絡人的電話和其他事項傳給你。是說，對方你也是認識的……那票小朋友就由你負責帶了，要是事情中間有出什麼差錯，老妖怪，你也知道的。」

頓了頓，胡十炎笑得天眞爛漫，就如同他外表年紀該有的模樣——如果他的眼瞳底不是陰森森的，拇指也沒從脖子前俐落乾脆地抹劃過的話。

「別擔心，我可不會讓任何人欺負重要的學弟妹哪。」安萬里掌心按上左胸位置，宛如行禮般地低下頭，那也是個由衷的承諾。

胡十炎只是口頭上威脅，倒不擔心在安萬里的眼皮底下，不可思議社會出什麼差錯。

全公會誰不知道，安萬里最喜歡的就是文學和人類了。尤其對於名義上還是他學弟妹的柯維安、宮一刻、曲九江和楊百罌，更是護短得很。

「眞是……白白讓他撿到便宜了，嘖。」胡十炎咂咂嘴，轉身回到自己的辦公室，心不甘、情不願地重新和那多得嚇人的文件山大眼瞪小眼。

瞪不到幾分鐘，胡十炎就選擇逃避現實，椅子一滑，來到了光照最充足的窗台前。那堆紙哪有他的寶貝女兒好看。

老大，不工作……不好……

接連在盆栽旁的螢幕上閃動出文字。

「本大爺沒說不做，只是先想想看還能塞給誰做。」胡十炎大言不慚地說著足以令下屬們臉色大變的話語。

我……幫忙看？

新的字句浮現。

「妳現在只要好好地休養，專心地長大就行啦。」胡十炎瞇著眼，眼內是再溫柔不過的情感，使得那雙金眸猶如閃晃著瀲豔光輝的金黃水潭。

細長的結晶葉片動了動，輕輕碰觸上胡十炎的指尖，彷彿孩童在向人撒嬌似的。

胡十炎掩不住眉眼的笑意，一顆心被秋冬語的小動作給弄軟了。他一手托著腮，一手小心翼翼、視若珍寶地撫摸那至今仍舊袖珍小巧的鮮紅色植物。

由剔透結晶凝成的多枚葉片，交錯地自根莖伸展開，將已具雛型的玲瓏花苞環繞在中央。不論是花瓣或葉片，都折閃出瑰麗的薄光。乍看之下，好像用赤色寶石堆砌出來的不可思議存在。

而在胡十炎眼中，這不僅僅是「不可思議」那麼簡單。

這是他的奇蹟，他失而復得的寶貝女兒，秋冬語。

就在一年半前，與「唯一」的一戰中，那名外貌恍若人偶精緻的長直髮女孩，爲了保護最重要的摯友，被情絲的絲線貫穿胸口。相當於心臟的核心遭人奪走，身軀也在轉瞬間崩散爲無數碎片，再分解成更多細碎的粒子，猶如玻璃砂般飄散在公會眾人眼前……

即使當時胡十炎不在現場，第一時間仍收到來自范相思等人的通知。

就算是現在，胡十炎亦難以形容那瞬間的心情。只覺得整個人猛地被抽空，周身像有層薄膜將他與這個世界隔開，讓他在下達命令、指揮人員時，都有種虛實不定的朦朧感，但也同時維繫了他搖搖欲墜的冷靜。

直到他回到自己房裡，直到他看見自己親手繪製的人物圖像，那根繃到極限的弦線猝然斷裂，連帶地，將隔離自身與世界的薄膜劈啪擊碎，蕩然無存。

胡十炎簡直像被剝離了脊骨，再也沒有力氣地滑坐在地，猛力衝上的絕望與痛苦，將他徹底吞沒，令他無法呼吸。

那一夜，胡十炎放縱死命壓抑的悲傷，任憑淚水無聲地淌落臉頰。

幸好……幸好最後仍是迎來了一線轉機。

安萬里利用自己的能力，將秋冬語四散在繁星大學科院的碎片極盡所能地收集起來，交付至開發部。

然後，公會上下終於等到了希望的曙光。

那些鮮紅的玻璃砂碎屑在開發部不眠不休的努力及安萬里從旁協助下，重新成爲一顆種子，栽種在花盆裡，每日以妖力灌溉。

蔚可可也不辭辛勞地天天前來，陪伴盆栽聊天說話，就算得不到回應也無所謂。

在他人眼中素來活力旺盛、很難安靜下來的鬈髮女孩，在這件事上卻彷彿有著用不盡的耐心。她可以坐上一整天，嘰嘰喳喳地向盆栽訴說生活中的大小趣事，一點也不嫌無聊。

到種子發了芽、吐出莖葉、長出花苞，凝聚出屬於秋冬語意識的這段期間，一刻等人從大二升上大三，灰幻和范相思閃電結婚了，安萬里還在熱衷於收藏蒼井索娜的各樣作品。

許多事似乎都發生改變，但某些部分又一如往昔。

時經一年半，秋冬語依然維持著巴掌大的植物模樣，但胡十炎對此已感到莫大滿足。何況，對妖怪而言，這五百多個日子短得如同白駒過隙，一眨眼就過去了。

然而，重生的秋冬語並沒有保留過往記憶，必須從他人口中才能明白昔日的點點滴滴。

可是，對胡十炎和蔚可可的喜愛，卻好似刻印在本能裡。每每只要他們倆靠近，鮮紅色的結晶葉尖就會展現親暱地主動揚起，想要縮短彼此之間的距離，令柯維安見了都忍不住大喊不公平。

忽地，葉尖的輕戳讓胡十炎拉回不知不覺沉浸於回憶的神智。他眨下眼，看見螢幕在他沒注意時換上新的文字。

老大，怎麼了嗎？

耳邊彷若還能聽見那道細聲細氣的平靜呼喚，縱使缺乏起伏，還是能令人感受到一份眞切的關懷。

「沒事，只是不小心分神一下而已。」胡十炎咧開笑容，「冬語今天想聽本大爺講什麼嗎？不如來講夢夢露最新一季的動畫進度怎樣？」

講無憂鎭。

螢幕上的文字以極快速度躍了出來，毫不猶豫地選擇了其他話題。

胡十炎暗暗噎了下，不想承認自己有一絲絲受到打擊。

魔法少女夢夢露有什麼不好嗎？居然否決得那麼快……

無憂鎭，可可上次來的時候說過……最近會和學校社團的同學，一起去那裡玩……她先去探路，等我長大……再帶我去……她會負責當導遊……

原來如此，怪不得會對無憂鎮感興趣了。胡十炎恍然大悟地摸摸下巴，不吝於滿足寶貝女兒的要求。

「無憂鎮嘛，是個妖怪與人共同生活的地方，還有個妖怪管理委員會幫忙維持兩方之間的秩序。畢竟住在那裡的人們，可不曉得他們是與妖怪當鄰居呀。」胡十炎手指有一下沒一下地敲點著窗台邊緣。

這是一個溫暖又令人放鬆的冬日。

頂著一雙毛茸茸尖耳的黑髮小男孩坐在窗台邊，眼前是最重要的花，地上六條碩大宛若尾巴的長長影子拖曳過整間辦公室。

青稚的嗓音拖得綿長，在陽光下打了一個旋，揉進一股懶散勁和無以名之的溫柔。

「那是個有趣的地方，但要本大爺來說的話，如果蔚可可那丫頭真這麼剛好地去了無憂鎮……真正要注意的，是別碰到那名無憂鎮聯絡人，否則哪……」

第二章

有著討喜娃娃臉和一雙靈活大眼睛的男孩躺在自己床上，正百無聊賴地從床的左邊滾到右邊，再從右邊滾回左邊。一頭本來就恣意四翹的鬈髮，在經過這一番蹂躪後，登時凌亂得有如鳥巢。

「啊啊啊，好無聊！超級無聊啊！」滾回到床鋪中央，柯維安伸展著手腳呈大字形，放聲大叫。

可即使這樣做，也沒辦法排遣他悶到發慌的憂鬱心情。

柯維安眞是鬱悶極了，他抓過一顆枕頭蓋在臉上，一動也不動地假裝躺屍中。

本該美好的寒假，卻在少了朋友的陪伴下，枯燥乏味得簡直度日如年。

柯維安原本擬定了許多美好的計畫，就等寒假一放，便能拉著他家親親小白一起出門遊山玩水、揮霍青春，或者來個環島七日行什麼的也很棒。

可惜人算不如天算，計畫永遠趕不上變化。

由於選修課程不同，加上每個老師定下的期末考時間不一樣，就算是同個系所的學生，也會出現有人提早考完，有人還苦哈哈必須撐到寒假前最後一天，才有辦法解脫的現象。

柯維安就是水深火熱到學期最後一天的其中一分子。

一刻、曲九江和楊百罌都比他早幾天離校，展開了大三生的寒假。

等到柯維安終於脫離最後一科考試的魔掌，興沖沖地奔回公會特別替神使打造的宿舍，迎接他的赫然是整棟公寓已人去樓空的景象。

他呆愣愣地看著那一扇扇掛上「回家，人不在」木牌的門板——通常只要掛上牌子，公會就會加派人手巡邏，免得被不長眼的小偷闖空門——抓在手上的包包「啪」地掉落下去，心境蕭瑟得如冷颼颼的寒冬，甚至沒反應過來自己的心肝寶貝筆電跟著砸到了地面上。

當然，柯維安不是那麼簡單就放棄的人。即使面對重重困難，他也會越挫越勇。否則當初在大一時，他就不會成功地纏上一刻，拉近彼此的關係，還讓一刻認命地任他「甜心、哈尼、親愛的」滿口亂喊了。

只是冥冥之中，就像有股力量在阻撓著柯維安。

就在他打定主意，準備直奔潭雅市，要在一刻家住個十天半個月才甘心之際，卻接到了來自對方的通知。

宮莉奈要結婚了。

換句話說，身為家人的一刻也要跟著參與婚前的大小事。

再換句話說，就是他會很忙。

於是柯維安只能垂頭喪氣地摸摸鼻子，打消所有排定好的計畫A到計畫Z。人家家裡在忙著籌備婚事，他這時要是眞過去，不就是擺明增加別人困擾嗎？

柯維安再怎麼粗神經，也做不出這種事。更何況，他向來自喻是纖細敏感、善解人意的美少年。

不過這一連串挫折，也令柯維安不禁要懷疑起，該不會是他上禮拜將惠先生的老人茶和師父的酒調換、把師父的照片賣給紅綃，還偷偷把安萬里的收藏品塞到特援部和胡十炎那，才造成他的運氣如此不好，想和他家小白見個面都一波三折。

重點是，根本還見不到面好嗎！

柯維安內心難過、內心悲慟，只好自己孤單寂寞冷地待在神使宿舍裡打發時間。

至於爲什麼不回到公會去？

柯維安可沒忘記自己先前幹了什麼好事。

雖說是因爲考試壓力太大，才忍不住做出那些惡作劇。但一想到回去就得面對張亞紫似笑非笑、實則隱含危險鋒芒的眼神；胡十炎天眞無邪，可藏不住騰騰殺氣的笑容；還有灰幻那猶如能將人生吞活剝的駭人怒火。

柯維安就不禁一陣哆嗦，決定遠離公會，以保小命安全。

假使一刻這時在場，想必會大翻白眼，沒好氣地罵道：你他媽的非得要將「如何找死」

這件事發揮得淋漓盡致才甘心嗎？

「唉……」柯維安中斷回想，拉下枕頭，望著天花板，長長地嘆了一口氣，覺得再這樣閒閒沒事下去，不只他快要無聊到長香菇，寒假也差不多要結束了，「難不成，還是要冒死回到公會找甲乙他們玩嗎？還是說……」

突如其來響起的音樂聲打斷了柯維安的自言自語。

娃娃臉男孩先是一愣，待音樂響了好一會後，才霍然意識到是自己的手機鈴響。

小白嗎？該不會是小白主動找我了？

柯維安激動地爬起，三兩步跳下床，抄起扔在房間另一頭的手機，看也沒看螢幕上顯示的名字，手指飛快一劃，接通了電話。

「喂喂，甜心嗎？你終於願意回來陪我去新開幕的親子餐廳狩獵……不，我是說用愛與關懷的眼神默默地守護著小天使們嗎？我好感……」

「你那麼熱情我是很高興，但請恕我鄭重地拒絕你的要求呢，維安，那聽起來實在太變態了。」令人如沐春風的溫雅嗓音說。

媽啊！有妖怪！

柯維安瞬間驚恐地手一抖，反射性按下切斷通訊的按鍵。

幾秒過去，柯維安混亂的腦袋才冷靜下來。他嚥嚥口水，戰戰兢兢地翻開通話記錄，最頂端的「黑心狐狸眼」這個名字，充滿存在感地告訴他——

他，眞的掛了，安萬里的電話。

柯維安霎時白了一張娃娃臉。

要知道，就算安萬里體型縮小，記恨和黑心程度可沒有因此減少半分。

「靠靠靠，都是副會長那麼突然打電話過來……」柯維安抓著手機，掌心冒汗，在房間裡心慌意亂地轉起圈圈。

「人家本來以爲是小白的啊！這根本就像是做好了要看魔法少女解除變身，變回清純可愛小蘿莉的心理準備，結果卻看到魔法少女的眞身居然是肌肉鬍子大叔的心情差不多啊！」

被緊緊捏握在手裡的手機當然不可能體會柯維安的想法，它只是盡責地再次響起。

鈴聲再響，讓柯維安嚇得險些跳起。看著螢幕上頭的「黑心狐狸眼」，他深呼吸，再深呼吸，終於抱著誓死如歸的心情，戰戰兢兢地按下接聽。

「你好呀，維安。」安萬里溫和可親的聲音傳出。

可聽在柯維安耳中，如同索命魔音。

「狐狸……不，我是說副會長！」驚覺自己差點喊出眞心話，柯維安忙不迭地硬改了稱呼，「副會長，小的可以解釋一切的。」

「放心好了，維安，我不會計較你掛了我的電話，還大叫出『有妖怪』這種小事的。」

安萬里語氣和善，像是長輩在關懷小輩，「我猜你大概以爲打來的人是小白學弟，沒想到卻期待落空了。這種落差的感覺，就像是滿心歡喜能見到蒼井索娜的出場，卻發現下載到的竟是一部僞娘片那樣糟糕，對吧？」

柯維安明智地決定，絕對不要問這個具體得過分的舉例是不是曾發生在誰身上。

「所以，爲了對讓你產生落差表達歉意，維安。」安萬里眞誠地說，「我會準備1T的蒼井索娜作品請你盡情觀看的，完全不須跟我客氣。」

……所以狐狸眼的你果然就是在記恨嘛！柯維安欲哭無淚地在內心悲憤大叫。

1T是怎樣的概念？就是1024GB的容量。

要一個熱愛小天使的人被迫去看多得數不清的愛情動作片，分明就是種折磨。同是公會的同伴，爲什麼要彼此傷害呢？

柯維安眼眶含淚，握著手機的手指都有些發顫，但在惡勢力面前，也不得不低頭。誰教人家是副會長，他只是小小的普通會員。

「嚶嚶，我明白了……到時我會拉著小白親親，陪我一起度過這難關的……」

「好了，我開玩笑的。畢竟要是被兩位學妹知道始末，她們一定不會饒過我的哪。」安萬里不再戲弄柯維安，見好就收。

否則一旦那名白髮男孩眞被柯維安拖下水去看片，安萬里已經可以預想得到，蘇染和楊百罌會用多冰冷嚴厲的目光來看待自己，他可不想被可愛的學妹們討厭。

「閒話家常就到這裡爲止吧，我這次打電話來，主要是想問問……」安萬里賣關子般停頓了下，接著微笑地說道：「不可思議社有沒有興趣接下委託呢？」

柯維安張大眼，腦袋猛地被砸懵了。下一刹那，他雙眼放光，整張娃娃臉都在發亮。

不可思議社……委託……這是有特別任務指派給他們的意思啊！

無聊的寒假總算有好玩的事可做了！

「接接接，當然接！天啊，太棒了！」柯維安激動得大喊，「是怎樣的任務內容？能看見萌萌的小蘿莉和小正太嗎？需要我們整個社團的人都出動……啊。」

柯維安高昂的興致陡然像被澆了盆冷水。他想起一刻還在潭雅市幫忙著準備宮莉奈的結婚大事；而一刻在潭雅，蘇染、蘇冉他們也會待在潭雅，就連秋冬語現在也還是植物的形態。

扣除下來，不可思議社的成員頓時只剩下自己……還有曲九江和楊百罌。

想到那兩人，柯維安苦著臉，這樣的隊伍組合未免也太爲難他了吧？

班代還好，最多是態度冷冰冰了些……可那位個性惡劣、講話刻薄，看其他人就像在看螻蟻的室友C——雖說一〇一寢的三人早就各分在不同房間，柯維安還是改不了這個稱呼，就像曲九江也總是傲慢地喊著他室友B一樣——柯維安登時感到前途一片黑暗。

「那個，副會長……我是很樂意接委託啦，但是、但是……」柯維安乾巴巴地說，聽起來都帶了幾分愁苦，「但是人數上……」

「這部分你倒是不用擔心了，我保證。」明明只是透過手機，安萬里卻像看穿了柯維安心中的猶疑，他的話語含著一份不容質疑的篤定，令人不自覺地想信服他。

「我已經確認過對方的行程，應該晚點就會到。維安，我先把資料和注意事項傳一份給你，集合時間是下午一點半，你們記得準時到繁星火車站的南貳門集合。就這樣了，我也要趕緊準備一下，我們下午見。」

「咦咦咦？等一下，副會長！副會長！這樣是哪樣，好歹說得清楚一點啊！」柯維安心急的喊叫沒有獲得安萬里的任何回應。聽著手機裡傳來斷線的盲音，他只能目瞪口呆地瞪著已通話結束的螢幕，壓根不明白對方是在打什麼啞謎。

即使他再怎麼自認是聰慧天才美少年，但這沒頭沒尾的，是要他從哪個地方猜起？

「真不敢相信……狐狸眼的到底在玩什麼把戲啊？」柯維安呻吟說道。他揉揉臉，將暫時用不上的手機隨意往書櫃一擱，腳步不停地朝放筆電的地方走去。

一年多前，他的筆電折損於之前與怠墮的大戰中，作爲替代品，還在天界忙事的張亞紫託人送來一台相同款式的——迷你筆電紙模型，給自己的徒弟。

幸好那東西只是暫時的替代品，不到一個月，柯維安就又收到一台全新的筆記型電腦，這也讓他終於停止每天上香對尚在天界的師父哭訴的行爲。

「狐狸眼說『你們記得準時到』，就表示他找好了人，還特地確認過對方行程……小白和他的青梅竹馬不可能過來，難道是指小可和她的哥哥嗎？也不對啊。」柯維安自言自語地展開一連串推敲，手指無意識地抵住下巴。

「記得小可上次才提過，這禮拜要跟學校社團的人出門玩個幾天。該不會人選眞的就是班代和曲九江吧？不要啊，好歹再買一送一，多加上珊琳嘛……」

自言自語到最後，柯維安垮下肩膀，感覺幹勁像遊戲裡遭到攻擊時的血條，「蹭蹭蹭」地迅速往下掉。

就在這個時間點，響亮的門鈴聲無預警響起，提醒外頭有客來訪。

柯維安手指一頓，訝然朝門口方向扭頭一看。

這麼快！這麼短的時間就能過來他這……好吧，看樣子準是曲九江他們沒錯了。

柯維安哀聲嘆氣地踩著拖鞋往門口走，在門鈴不間斷的聲響中，伸手搭上門把一轉。

耀眼的陽光馬上爭先恐後地鑽進玄關，像在地板上鋪展一張金黃色的地毯。

一抹比柯維安高上許多的人影在門外背光而立。

柯維安仰著頭，眼睛越瞪越大，娃娃臉眨眼間閃過多種表情，錯愕、震驚、不敢置信，最後全部定格爲狂喜。

「小白——」

驚喜交加的高亢叫喊猛然爆發，猝不及防地刺進一刻耳內；一刻反射性就想摀住雙耳，那嚇人的分貝簡直能傳遍整棟神使宿舍。

而他沒這麼做的原因，是因爲——

「小白！甜心！哈尼啊啊啊啊！」

娃娃臉男孩發出和體型不相襯的巨大嗓門，熱淚盈眶地一個箭步飛衝上前、雙臂大張，就要來個熱烈的擁抱。

「我操！你是叫魂不成？」一刻黑了臉，眼疾手快地一巴掌糊上柯維安的臉，扣著他，阻止對方再向前和自己拉近距離。

一刻可沒忘記，自己在寒假前就是一時大意，讓柯維安成功撲過來不說，那小子居然還腳滑，雙手反射性往自己腰間抓，下扯的力道當場連他的褲子都被扯下一截。

好在內褲頑強地撐住了，否則就要被迫當眾露鳥。

一思及舊恨，一刻臉色登即如鍋底黑，神情也顯露一絲猙獰。

從指縫間窺見一刻的表情變化，柯維安連忙揮動雙手，「小白饒命啊！我上有師父要侍奉，下有妹妹要照顧，你千萬不能把我卡嚓掉啊！」

「誰要做那種事啊！」一刻沒好氣地啐道，手掌也從柯維安的臉上移開，「反正等完成任務後，帝君自然會把你卡嚓掉……你到底是有多愛自作孽？是真的不曉得『找死』兩字怎麼寫嗎？啊？」

「小白冤枉，我那真的只是無心之過……身為師父天真可愛又無邪的小徒弟，我怎麼敢對她大逆不道？最多是偷偷把她的照片賣給紅綃而已……等等，你怎麼知道師父想卡嚓我的事？」柯維安慢一拍地反應過來，大驚失色地瞪圓眼。

照理說，人在潭雅市的小白，是不可能那麼快就得到這些情報的。

「學長告訴我的。」一刻雙手環胸，從柯維安的態度來看，這小子果然又自找麻煩了。說白點，就是自找死路。

「等等等等，那又是誰跟狐狸眼說的？」柯維安屏住呼吸。

「當然是帝君，呆子。」一刻看柯維安的眼神都有些憐憫了，「學長說你趕緊利用這趟旅行的時間，做好要被扒皮的心理準備吧。」

柯維安花容失色地摀著胸口，長長倒抽了口冷氣，卻又在乍然間，將抽氣聲硬生生斷成了兩截。

他終於後知後覺地留意到其他關鍵字眼。

執行任務、旅行……再綜合安萬里不久前在電話中提到的……

娃娃臉男孩再次睜大本來就圓滾滾的雙眼，只不過這回不是驚惶失措，而是滿心歡喜。

「甜心！」柯維安雙手十指交錯，激動得臉都紅了，大眼內綻放光采，宛如聖誕節收到禮物而欣喜不已的孩童，「也就是說，你會和人家一起接公會向不可思議社下的委託了？」

「靠杯啊……你剛剛到底有沒有在聽人講話？」一刻板著臉，可明眼人一瞧就知道，他不是真的氣惱，只是語氣故作嚴厲，「還有，你難道忘記老子是不可思議社的社長了嗎？」

「沒忘、沒忘，我只是太興奮了嘛。」柯維安連忙大力搖頭，掩不住眉開眼笑，彷彿還能看見他的背後開滿了小桃花、小櫻花、小梅花。

就算過不久得要面對張亞紫的懲罰手段，柯維安也不放在心上了。天大地大，現在能和他家小白一起行動、解任務最大！

「小白，你先進來坐坐，我們可以好好促膝長談，仔細研究狐狸眼交代的任務內容。」

「促你的頭，學長不是交代要到火車站集合？」

「呃……還真的忘了。」得到一枚白眼的柯維安撓撓臉，突地像是發現什麼重要的事，眼睛驟亮，「哎哎哎？也就是說，小白你是特地過來這，要接我一塊到車站的嗎？不愧是我的天——唔噗！」

「天你媽的蛋。」一刻面無表情地收回手，看著那張被他拍在柯維安臉上的紅艷艷信封慢慢滑下，後者正手忙腳亂地試圖接住。

用膝蓋想也知道，柯維安鐵定是要說「天使」兩個字，誰想當那種光屁股、長翅膀，還頭頂光圈的玩意。

「我過來是爲了拿這給你，中途才又接到學長的電話。」

柯維安覺得自己帥氣的臉蛋受到接連兩次攻擊後，都要變扁了。但映入眼角的紅拉走了他的注意力，顧不得頰上傳來的疼痛，他飛快拆開信封，從裡頭抽出一張典雅大方的喜帖。

「莉奈姊的婚禮，到時記得來參加。」一刻吩咐，「織女那丫頭還交代，帖子也要給帝君和范相思，你再幫我轉交給她們倆。」

「沒有問題的，甜心。放心交給我吧，甜心。唔啊，我已經可以預想那場婚禮到時候會有多驚人了……估計是眾神雲集了哪。」柯維安這話沒誇大，他的腦袋裡轉眼就能列出一張長長的名單。

牛郎織女、文昌帝君、淨湖守護神．理花、劍靈．范相思，也許還要加上金牛星．畢宿……簡直豪華得令柯維安都不禁直嚥口水。

更不用說還有西山妖狐的副族長和一票神使們。

「小白，你們有沒有考慮過乾脆來公會大廳辦喜宴算了？」柯維安眞誠地眨著眼睛，「有里梨在，再多的人啊妖怪啊神啊，都絕對塞得下的。」

「別鬧了。」一刻大翻白眼，一腳往柯維安屁股踹去，「你是想讓女方賓客的數量變得多嚇人？快去準備好你的行李，否則老子馬上走人了。」

「別別別，求別丟下我啊，小白！」柯維安一邊摀著受創的屁股哀叫，一邊像兔子般竄進屋子裡。

頓聞一陣乒乒乓乓的翻找聲，夾雜著柯維安扯著嗓子的嚷叫，似乎嘴巴沒辦法忍受半刻不說話。

「不過我記得沒錯的話，小白，你姊夫不是本來計畫要等大學畢業，再和莉奈姊舉行婚禮的嗎？」

「喔，因爲他聽到風聲，補習班學生家長想幫莉奈姊作媒。他怕夜長夢多，決定提前行程了。」一刻倚著走廊圍牆，回想起那一段時日的雞飛狗跳。

江言一天天陰沉著臉，質問他究竟是哪個混蛋敢打宮莉奈的主意。天知道根本八字都沒一撇，那也只是學生家長開開玩笑。

最後爲免自己被逼問得抓狂，一刻乾脆扔了一句「叫莉奈姊趕快給你個名分，不就什麼鳥事都沒有了？你他×的再煩，當心婚禮上連伴郎都找不到！」。

然後……

然後江言一還眞的立刻衝去找宮莉奈下跪求婚了。

現在想想，一刻得承認自己也算是江言一提前人生計畫的推手之一，但起碼不用再忍受對方將急躁、焦躁、暴躁發揮得淋漓盡致的日子了。

突然接近的腳步聲扯回一刻的思緒，一抬起頭，就見柯維安揹著包包興高采烈地直奔而來。

「報告甜心，我通通都搞定啦。」柯維安拍拍胸膛，娃娃臉上盡是得意，「從我的小心肝到可以搭訕小天使的糖果餅乾，我一樣都沒有漏下。」

「……後面那樣你不如就漏下算了，免得哪天眞的被人告誘拐兒童。」一刻不客氣地吐槽，「算了，東西都有帶到就好。把門鎖一鎖，瓦斯還是什麼電器用品沒忘記關吧？水龍頭確定有轉緊嗎？」

「甜心，你這樣眞的很像媽媽……咳咳，不是，我是說全部都確認過了。我辦事，你放心。」瞧見一刻面無表情地開始扳折指關節，柯維安背脊一涼，立即以最快速度轉移話題，擺出標準的敬禮姿勢。

「那就走吧。」一刻總算放下手，率先轉身朝樓梯口前進，接著像是若無其事地開口道：「柯維安。」

「是的，小白？」

「我是在潭雅市幫忙莉奈姊他們沒錯，但也不是忙到連招呼你的時間都沒有。」

柯維安一愣。小白的意思該不會是指……

「你想來就來，曲九江和楊百罌都來過了。」

「什麼!?他們竟然偷偷搶先我一步？太過分了！同學愛呢？」

「媽啦，你在意的重點是這個嗎？」

「嘿嘿，最重要的當然不是這個……小白、甜心、哈尼，我真的太開心了，原來你是這麼想我！任務完成後，我馬上就到你們家住個三年十載的！」

「滾你他媽的，也住太久了。柯維安，不准巴著我的背！不准掛在我身上！這裡可是樓──」

「嗚啊啊啊！」

突如其來的驚喊充斥在樓梯間，伴隨著有人狼狽滑跌摔下的沉重悶響。

待混亂歇止，一道怒不可遏的咆哮隨即如落雷砸下。

「幹恁老師啊！柯維安，老子絕對要宰了你！」

「咿咿咿！小白，求放過啊！」

怒吼和討饒聲交織成吵鬧的樂章，同時也將原本可能被發現的另一道聲音，完完全全地覆蓋過去。

在柯維安上鎖的屋子裡，被粗心大意遺落在書櫃裡的手機，正在鈴聲大響。

發出亮光的螢幕上，浮現的是「小芍音」三個字……

第三章

繁星火車站距離神使宿舍倒也不會太遠，當成散步走過去，剛好能在安萬里指定的一點半前到達。

前往車站的路上，柯維安也順便弄清楚了一刻被安萬里找上的來龍去脈。

原來安萬里前幾天就在探詢一刻近日有沒有空，會不會前來繁星市。雖然不曉得對方打算做什麼，但對於這名令人尊敬的學長，一刻還是據實以告，沒想過要隱瞞。

直到今日，一刻再次接到安萬里的電話，才知道是公會有委託要交給不可思議社處理。不能否認，一刻最近的確有些悶壞了，加上宮莉奈婚事的籌備工作也算告一段落，他便毫不猶豫地一口應下。

「馬的，誰知道任務都還沒開始，差一點就先在宿舍裡掛彩了……」一刻神情平靜，可口氣怎麼聽都有股咬牙切齒的意味。

明明是掛著冬陽的暖暖日子，柯維安卻不禁打了個寒顫。

「那個，甜心啊，人家真的不是故意的嘛。」柯維安迅速擺出可憐兮兮的表情，明亮的大眼浮出薄薄的霧氣。他伸手拉了下一刻的衣角，在對方扭過頭時，抓準四十五度角抬起

臉，「我也願意抱著你走呀。」

「抱你老木啊抱！憑你那破體力，走不到三步就要變成老子扛了對吧？」一刻惡狠狠地厲了一眼過去。

「才不會要你扛的。」柯維安信誓旦旦地說，態度誠懇、眼神真摯。

這令一刻不禁有絲搖擺不定，難不成自己還真的錯怪柯維安了？

結果下一秒，一刻就聽見那名娃娃臉男孩理直氣壯地說：

「當然是要用公主抱才可以。」

「操！你對公主抱的執念有多深？從大一唸到大三了！」一刻想也不想地把心裡那份剛冒出頭的內疚拍死，本來是想一掌順道拍在柯維安的腦袋上，偏偏一見到那濕漉漉的小狗眼神，就算知道是裝的，還是狠不下心。

一刻第一百零一次地詛咒自己拿可愛東西沒轍的毛病。

柯維安從一刻臉上神色的變換，就知曉警報解除了。他咧開愉快的笑容，腳下步伐同時變得輕快許多。

「小白，我們動作快點吧。」柯維安指著前端不遠處的車站，催促道：「要是遲到一分鐘，安萬里那老狐狸說不定會想出什麼把戲來嚇唬我們。要知道，他心切開都是黑的。而且這一年多來都關在公會裡，鐵定把原本的黑心關得扭曲加倍了。」

黑又怎樣？總比你這滿腦子亂七八糟念頭的傢伙強太多吧？一刻本來想這麼吐槽的，可一想到安萬里與柯維安、胡十炎同樣並列公會三大變態人物，來到舌尖的字句最後還是全吞回肚子內。

瞄了一眼手機上的時間，即使尚有充裕的半小時，一刻還是下意識地加大步伐，不願讓人多等。

午後的車站周邊，無論人車皆顯得格外稀疏，就連車站廣場外圈排班的計程車司機，看起來也懶洋洋的，絲毫沒想要招攬明顯是要進入車站的一刻和柯維安。

繁星火車站堪稱繁星市交通運輸中心之一，建地相當廣大，光是大廳出入口就分為東西南北四個方位，每一方位還細分多道門。

若是初到此地的人，沒有事先約好在哪扇門碰面，很容易會弄混方向，在大廳內如無頭蒼蠅般團團轉。

一刻和柯維安都是繁大的學生，尤其後者還是自小在繁星市長大的，對這熟悉得很，自然不會犯下這種小錯誤。

「柯維安，學長約的是第幾門？」

「我記得是南貳門那邊，我們這是東門……」柯維安眼珠滴溜一轉，很快認出了方位，「往這走最快。小白，你覺得狐狸眼的還會跟誰一起來？他現在的迷你體型，不可能大搖大擺地出現在公眾場合。」

「誰知道，也許是跟惠先生。」一刻隨口回話，「也可能是胡十炎。」

「老大的機率太低了啦。別看老大個子小小，他可是信奉實力碾壓一切障礙的人……啊不，狐狸。要是他出手，我們也不用接這門委託了。」柯維安腳下不停，嘴上也不停，興致勃勃地和一刻分享自個兒的看法。

一刻的回應敷衍，卻也沒打斷柯維安的滔滔不絕，他知道這算是對方自得其樂的一種方式。

「可惜十炎自己沒意識到這層。依他的耐心，確實不適合需要時間調查真相的任務呢。噢，對了，我會把你有關十炎『個子小小』的這段評論，一字不漏地轉述給他的，維安。」

是另一道溫雅的嗓音，無預警截住柯維安的話尾。

那嗓音飽含笑意，悅耳優雅得讓人忍不住想要一直聆聽下去。

然而柯維安只感到頭皮發麻，他僵住身子，驚恐地倒抽一口氣，猛然扭頭向後看。

隨後那張討人喜歡的娃娃臉遍布震驚，宛如目睹了足以令他瞠目結舌的驚人之景。

「狐狐狐……」就連溢出嘴邊的字詞也像跳針一樣，唸來唸去都是同一個字。

「學、學長!?」一刻的反應不若柯維安那般誇張，但同樣一臉震驚。

「午安，小白、維安。現在就差九江學弟，不可思議社要出動的人員就算到齊了。」進入兩名男孩視野內的，是個氣質斯文爾雅的黑髮男子，俊秀的面容上噙掛著一抹好似三月春風、教人不自覺心生好感的微笑，細框眼鏡和格紋襯衫則增添了他的書卷味。

一刻和柯維安絕不會錯認安萬里的模樣。

問題是……面前的這人，身高體型竟與常人無異！

「這不科學！說好的簡易輕便好攜帶呢!?」柯維安不敢置信地脫口喊道：「副會長，為毛你又變得比我高？明明不是只有這麼迷……！」

「閉嘴，你是多想讓人知道我們這就是一組不科學團體啦。」一刻速度飛快地摀住柯維安的嘴巴，射出凶惡的眼刀，阻止後者再溢出過大的分貝。

雖說此時車站大廳人不多，但在這寬敞空曠的空間拉高音量，輕易就能惹來他人側目。

柯維安用力眨著眼睛，還比出三根手指作發誓狀，表示自己會乖乖聽話，當個安靜的美少年，這才換來嘴上的自由。

「學長你……恢復力量了？」一刻壓低聲音，眉眼中混著吃驚與喜悅。

當年隨著守鑰完全甦醒，安萬里只能以「分身」的形式存在，他的力量亦有所缺陷，以至於外表只能維持著人偶般的大小。

如今他再度以曾經的樣貌出現在一刻等人面前，一刻直覺地就往好方面聯想。

「很想說是……可惜，並沒有呢。」安萬里微笑地搖搖頭，臉上卻也不見絲毫遺憾，

「這純粹是為了方便在外行動，開發部特意研發出來的外出用殼。最多撐上一個月，就必須淘汰廢棄了。之後如果還要使用，就得再做一具新的出來。我已經想好了，可以將那些外出用殼做個編號，例如安萬里二號、三號、四號……」

「呃，其實我不想知道。」一刻僵硬地說。

「聽起來就像會有一堆副會長在實驗室裡排排站，太嚇人了，根本是恐怖片場景……」

柯維安搓搓手臂，身子反射性一哆嗦。

一個安萬里就夠可怕了，一排的安萬里……媽啊，這畫面太驚悚，他不敢深入想像。

「我不會再追究你是變大還是變小了，真的，拜託你就打住這話題吧，副會長大人。我們可以聊點別的，例如我們還差一名成員……呃，等等，我剛剛應該是聽錯了吧？你應該沒有提到什麼九什麼江的？」

「不，我確實有提到那位什麼九什麼江的學弟哪。」安萬里從善如流地配合柯維安的說法，笑容滿面地粉碎後者的一絲希望。

柯維安的臉垮下來，他又想換話題了。

「為毛是他？為毛不是人見人愛的珊琳？要不然班代來也可以的啊！」柯維安摀著臉，痛苦地呻吟道。

他獨自過完快一整個寒假，好不容易有任務，還可以和他家親親一同行動，卻萬萬沒想到，除了他們之外的同伴，都是過保鮮期的臭男人——有一個壓根還是防腐劑超標的等級好不好！

「好過分，太過分了……」柯維安發出類似抽噎的聲音。他抓住一刻手臂，娃娃臉上盡是大受打擊的神色，「小白你說，爲什麼會是脾氣差勁、看人像看蟲子的室友C要和我們同行？」

「柯維安。」

「小白，我要靜靜……你讓我埋在你的胸膛裡沉澱心情吧……」

「澱你媽的蛋。柯維安，抬起你的頭。」一刻不耐煩地推開那顆藉機蹭過來的毛茸茸腦袋，「向後轉。」

柯維安莫名感覺到一刻缺乏耐性的聲音裡，似乎還夾帶一抹同情。

他的心裡一喀噔。可不等他回頭，一道不屬於一刻也不屬於安萬里的傲慢男聲響起了。

「我看你大可以直接滾蛋，省得被我錯當蟲子、一把火燒了，室友B。」

嚴格來說，那聲音低沉又帶有磁性，能讓女孩子們忍不住心跳加速。

但一來，柯維安可不是那些小女生；二來，他唯一能感受到的就只有那聲音裡陰森森的寒意，如同一桶冰水「嘩啦」地澆淋到他的身上。

不僅淋得柯維安一陣透心涼，還使他一個激靈，當場像被踩著尾巴的貓，驚慌萬分地蹦跳起來。

「媽啊！出現了啊！活的室友C！」

「我操！不是活的還得了？」一刻黑了臉，一掌抽上柯維安的後腦勺，還把緊抱自己不放的那具身子給扯下。

「維安，小白學弟剛才就是要提醒你，九江學弟也來了。」安萬里笑咪咪地說，「還有，正用著看螻蟻的目光看你。不過大家都能提早到這集合，學長非常欣慰呢。」

「……那眼神分明是看草履蟲了。」柯維安飛速躲到一刻身後，嘀嘀咕咕地說，「所以說，為什麼偏偏是找……」

「維安。」安萬里抬起一隻手，嗓音溫和，「再抱怨下去的話，我就要開結界，把你們丟在裡面去自行解決了喔。」

柯維安心驚膽跳地大力搖頭，清楚安萬里雖然笑臉迎人，但手段一用起來可挺嚇人的。他說會開結界就會開結界，還會悠悠閒閒地做壁上觀，時不時落井下石。更別提憑自己的武力值，哪有可能單挑得過曲九江那麼凶殘的半妖。

想到最後，柯維安苦哈哈地皺著臉，舉手做投降狀，「我沒有要抱怨了，我就只是想問問……我發誓，只是單純地提問而已。」

一刻甩了記警告的眼神給曲九江，要他收斂點。這裡可是人來人往的繁星火車站大廳，要是他敢和柯維安打起來，自己就兩人都揍，還是用包準把人揍成豬頭的方式。

「你想太多了，小白。」一站出來就能成爲女性注目焦點的褐髮青年彈下舌，即使渾身散發著傲慢不可親的氣勢，那張精緻俊美的臉孔仍舊讓人難以移開視線。

除非站得極近，才有辦法發現青年一雙狹長的眼眸底，赫然閃爍著銀色星澤，髮絲內也夾雜著幾縷赤紅。

然而下一剎那，無論銀星或赤紅，皆消隱得不見蹤影。

「我還不至於對弱爆的傢伙動手，簡直就是浪費我的力氣。」曲九江不屑地說。

一刻強忍想翻白眼的衝動。一言不合就想放火的傢伙，最好是懂得那道理。柯維安都在他背部寫上「放屁」兩字，偷偷地表達意見了。

「維安要問什麼，就提出來吧。」唯有安萬里的神情全然不見變化，依舊笑語晏晏。

既然上司發話了，身旁還有一刻在，柯維安也就大著膽子提出來，「班代和珊琳爲什麼不能來？要是知道甜心也有參加任務，班代沒道理不來呀。」

「喂！」換一刻惱火地瞪視柯維安一眼。

換作以前，一刻大概會莫名其妙地反問干他何事，不過在楊百罌和蘇染都明確表白心意後，他現在也懂得柯維安那些話裡的意有所指了。

「哎唷，小白。」柯維安一談到八卦就來勁，他竊笑地用手肘推推一刻，「人家又沒說錯。是說兩大美女的確很難選擇，但我們再半年都要升大四了，你還沒要給人答覆嗎？」

「囉嗦，你吵死了。」一刻惡狠狠地厲瞪，可發紅的耳根削弱了不少凶戾之氣，反而更像窘困的逞強。

察覺到曲九江和安萬里的視線也轉至自己身上，就算八卦意味沒那麼濃厚，一刻還是感到不自在。最後，他繃著臉，乾巴巴地擠出聲音。

「真那麼簡單的話……老子當初又怎麼可能遲鈍到什麼也沒發現？」

柯維安和安萬里飛快地交換眼神。

小白／學弟都知道自己有多遲鈍了，這是飛躍性的進步啊！而且也表示真的有很認真在思考和蘇染她們之間的事。

「小白，你長大了哪。」安萬里目光欣慰。

「甜心，我好感動。」柯維安擦擦眼角。

「幹，你很煩耶。」不能對學長失禮，於是一刻不客氣地衝著柯維安比出中指。

「嘖，沒魄力。」反倒是曲九江不滿地咂舌。畢竟從他的角度來看，一刻當然是選他的雙胞胎姊姊最適合不過，何必在那拖拖拉拉的。

但再怎麼不將人情世故放在眼裡，曲九江也明白感情的問題，就只有當事人自己能夠處理，輪不到局外人插手。

因此這名半妖青年最多只冷嘲熱諷了幾句，「當我的神還不乾不脆的，像話嗎？」

「信不信老子可以很乾脆地痛扁你？」一刻眼露凶光，皮笑肉不笑地說，「你他×的少廢話了，快回答完柯維安的問題，省得我們幾個得杵在這裡一直不動。」

曲九江回予冷笑，笑裡可見躍躍欲試與戰意，彷如巴不得能有機會好好和自己的神盡興切磋。

「小朋友們。」安萬里傷腦筋地搖搖頭、拍下手，俐落的聲響拉回全部人的注意，「尤其是九江學弟，不要忘記重點，不然學長沒辦法交代接下來的事項了。乖，把你該說的說完，就可以到旁邊去了。」

「……楊百罌和珊琳去補習了。」曲九江冷冰冰地說，眼瞳閃過剎那銀星厲芒，猶如想要挑釁眼前素來笑臉迎人，可釋放出的威壓又不容小覷的神使公會副會長。只是礙於一刻嚴厲的注視，硬生生將那股企圖按壓下來。

「補習？」一刻聞言一愣。在他的印象中，楊百罌的成績在系上從來沒有落到前三名以外的名次，「她要考研所還是公務員嗎？」

「她考那個幹嘛？」曲九江的眼神明明白白地寫著「你傻了嗎？」，看得一刻的拳頭不禁蠢蠢欲動，「她去烹飪教室上課。」

「咦？啊，是為了改善廚藝吧。」一刻登即恍然大悟，「不過她已經比莉奈姊好很多了……幹嘛？你們那什麼眼神？」

面對攢著眉、面泛狐疑的白髮男孩，安萬里和柯維安不約而同地暗嘆一口氣，覺得他們該收回前言。

學弟／小白的遲鈍指數果然不是普通地高，人家那分明是爲了你，才想去增進廚藝的。

感嘆歸感嘆，安萬里也不浪費時間，直接攬回發話權。

「任務內容大抵就像我之前說過的，要協助無憂鎮的妖委會，調查年輕女性妖怪短暫失蹤的原因。而在和妖委會派出的聯絡人見面之前，小白、維安、九江，要麻煩你們先戴上這個了。」

說著，安萬里朝三名神使攤開掌心。

在那隻潔白光滑的手掌上，靜靜躺著三條看似用五色線編織成的手鍊。

一刻等人眼中掠過不解，不明白安萬里葫蘆裡賣什麼藥。

「放心，是開發部出品的，品質相當有保證。」安萬里眞誠地補充，彷彿沒瞧見一刻他們一聽這話，表情頓時不由自主僵硬了一、兩秒。

「副會長……你不說我們反而還比較安心。」柯維安垮下肩膀，用兩根手指小心拎起手鍊。戰戰兢兢的動作，如同在碰觸具有不明危險的物品，又像深怕手鍊會突然活過來般，反咬自己一口。

這可不是在說天方夜譚。

出自開發部（又唸作瘋狂科學家）之手的東西，絕對有可能發生這種意外。

「經過帝君監督的。如何，這樣有安心多了嗎？」安萬里笑吟吟地說，立即見到一向藏不住情緒的白髮男孩露骨地鬆了口氣。

瞄見曲九江仍是嫌惡地看著似乎有違他審美觀的手鍊，安萬里思索了下，決定換個方法。

「我自己也戴上一條了。」神使公會的副會長稍稍拉起袖管，讓人能見到他腕上環繞著一圈繽紛色彩，「戴上去不會對身體產生任何副作用，卻能幫助我們到無憂鎮後，更方便進行調查，同時還能獲得那位聯絡人的好感度。唯有雙方合作，事情才能順順利利，我說得對嗎？」

一刻本就相當聽從自家學長的安排，況且對方又說得合情合理，他拋開最開始的猶豫，二話不說便接過手鍊——還特別挑了最多粉紅色的那一條——繫在自己手腕上。

有人帶頭做了，柯維安和曲九江也不再堅持，分別戴上。

戴上後的確沒有感受絲毫異樣，看起來就只是再普通不過的飾品。

可是，柯維安心裡還殘留著一抹懷疑。

與一刻他們不同，他自小就在公會裡長大，見過太多開發部的豐功偉業……或者講直白一點就是瘋狂事蹟。他實在不相信，開發部會弄出平凡無奇的產品。

那也用不著開發部了，狐狸眼的直接上網買幾條手鍊就好。

柯維安腦海裡跑過諸多猜測，一時卻也找不出不對勁之處，只覺得落在他們幾人身上的目光好像突然增加不少，還有人不明顯地佇足一會，才邁出步伐。

柯維安起初還不覺得哪裡不妥，他自認是人見人愛、花見花開的美少年；小白超級帥。至於另一個個性差勁透頂的室友C，容貌值也……好吧，雖然不想承認，可也真的非常、非常地高，就連狐狸眼的也是人模人樣。

他們這票人受到注目，並不稀罕。

然而當柯維安留意到那些投來目光的主人，居然壓倒性地多爲男性，還明顯流露出驚艷，更混雜了一些震驚之際，他大腦內的警報器瞬間瘋狂大響。

靠靠靠靠，要說原因和安萬里給的手鍊無關，他就把八金的羽毛染成七彩的！

好端端的，他們一群大男人，哪可能會吸引同性的熱烈視線？又不是在看美……女……

柯維安思緒猛地凝住，一張娃娃臉乍然間扭曲成驚悚表情，大眼睛死死盯住一點。

「柯維安，怎麼了？」一刻不覺旁人眼神有異，他早就習慣別人打量自己的一頭白髮了，對方忽然像目睹駭人景色的模樣，反倒更引起他的關注。

一刻皺著眉，確定沒發現不尋常的妖氣。他們一夥人站的地方是南貳門附近，大片的落地窗使得外頭的景象一覽無遺，乍看下沒有異常；自己後方來往民眾的倒影，也能從玻璃上看得一清二楚……慢著。

一刻的視線從車站外霍地扯回，緊黏在玻璃窗上。他瞳孔收縮，旋即臉色扭曲得比柯維安還要嚇人，就算用「狂暴」來形容也不為過。

為了防止強烈日曬，色澤偏深的玻璃忠實地映照出周遭穿梭的旅客，自然也不會遺漏眼前他們自己的身影。

問題是，卻不是屬於男孩子該有的。

從右到左，對應著柯維安、一刻、曲九江的，分別是——

娃娃臉、大眼睛、頭髮鬈翹，即使雙眼裡滿是驚恐，也掩不住甜美狡黠的可愛女孩。

炫白的髮絲長度至肩，眉眼有股天生的狠勁，卻被大而圓的眸子柔化不少凌厲；就算此時面露猙獰，終究無損那張姣好臉蛋的清秀女孩。

以及美貌過人，五官精緻，微鬈的褐色長髮紮綁成馬尾，渾身散發著難以親近的傲氣的冷艷女孩。

一刻他們出現在玻璃窗上的倒影，居然通通變成女性版本了！

第四章

面對這措手不及的異變，饒是鮮少表露情感的曲九江，如今也用像能刺穿人的森寒視線，緊緊瞪著自己正前方的倒影不放。

似乎盯久了，這荒謬的現象就會回歸正常。

「這是怎麼回事？」一刻猛然轉頭，一字一字地咬牙問，語氣勉強稱得上平穩。

然而安萬里並沒有忽略那雙眼眸裡猛烈噴發出的勃然大火。

「這他×的到底是怎麼回事⁉」

幾乎在一刻暴跳如雷怒吼的同時，安萬里立刻張手一劃，轉瞬間張啓無形的結界，防止他們的聲音外溢出去。

在外人看來，只會以爲是幾個人發生爭執而已。

一刻鐵青著臉，巴不得能不要再見到自己的倒影。他不是笨蛋，望見四人中唯有安萬里的影像沒有絲毫變化，他立即醒悟到，他們身上的異狀絕對和對方脫離不了關係。

「學長，你……」由於對安萬里的敬重，一刻還是硬生生嚥下「他媽的」三個字，「在搞什麼鬼？」

「這個嘛，就如同你們所見的這樣，其實我以爲你們會更晚察覺的呢。」安萬里的笑意如和煦的暖陽，鏡片後的黑眸眞誠親切。

換作平時，一刻很難對這名溫柔的黑髮男子發脾氣。可是，不是他該死地又變成女人的現在！

對，又。

一刻在高中時，就曾因妖狐的詛咒而失去男性最寶貴的東西——下面少了一根，上面反倒多了兩團肉。

被迫短暫成爲女孩子的經驗，在一刻心中留下一道深刻的陰影。

他萬萬沒想到，那靠杯的經驗竟然得再重溫一次！

相較於一刻的氣急敗壞，曲九江似乎冷靜許多，只是頭髮和眼珠瞬時回復妖化的顏色，一條手臂平空攀繞出緋紅焰火。

倘若不是有守鑰的結界，這模樣恐怕立即會引起軒然大波。

「我看任務也不用做了，直接把你燒成灰好了，安萬里。」曲九江態度冷淡，語調卻陰惻惻的，「我會意思意思通知公會，說你是因公殉職的。」

「謝謝你的好意哪，九江學弟。但我的計畫是，接下來的幾百年也要好好領公會發的薪水、獎金、分紅。還有比起連名帶姓地稱呼我，我其實更喜歡聽你喊我學長。」安萬里從容自若地微微一笑。

就算曲九江臂上的火焰已化作鋒銳的箭鏃形狀，危險地抵著他的脖子，他也不見懼色，表情溫文得更像是長輩在縱容小輩的撒野。

「我知道你們一時接受不了衝擊。但身爲學長，我認爲我該提醒你們一個顯而易見的事實。」

「學長，拜託你這時候就不要再兜圈子了，求、你、了。」一刻極力抓著搖搖欲墜的禮貌，只不過那咬牙切齒的語氣，登時讓「求你了」三個字，產生和「他媽的」差不多的效果。

「小白。」沒想到出聲的人是柯維安。

不是他想幫安萬里說話，而是他們一群人（在別人眼中還是美少女）杵在南貳門這裡不動，只會引來更多注目。

「事實上……我們的身體沒有眞的變性啊！」

柯維安這話一出，霎時令一刻和曲九江怔了怔。

兩個用不同方式表達暴怒的男孩反射性低頭，向下望。

沒錯，胸前還是一馬平川，沒有任何可疑的兩團隆起；褲襠內也沒有缺失什麼寶貴存在的詭異感受。

黑眸和銀瞳再猛地對視彼此，納入眼內的同樣是熟悉的臉孔、熟悉的外表，就連柯維安也還是本來的模樣。

然而呈現在玻璃上的倒影，不管怎麼看，又都是貨眞價實的三名女孩。

此時再仔細打量，就會發現倒影的身高竟沒有半點縮水。

除了柯維安，一刻和曲九江的影像身高，在女性中，基本上能夠稱爲「鶴立雞群」了。

柯維安已經知道那些驚艷目光裡的震驚是從何而來，估計是沒看過身高直逼一八〇和超過一八〇的女孩子。

「什麼……這究竟，是怎麼……」一刻懵了，戾氣在不知不覺中消散大半，取而代之的是茫然。

就如同柯維安所說，他們本身並未發生異變，變的是倒影顯示出的性別。

「維安說得沒錯，你們並不是眞的變成了女孩子。而是在別人眼中成了女生。反射在鏡子或是其他反光物體上的影像，也會展示出你們變成女性的外表。」安萬里的一雙眼睛因笑意瞇得彎彎的，使得那張素來沉穩的臉孔多了一些罕見的孩子氣。

「請容我向你們鄭重地介紹，這是由開發部精心研發出來的道具，『幻視』，利用了蜃精的細胞。有句成語不是叫『海市蜃樓』嗎？這其實就是非常好的說明，蜃精他們有製造、擾亂他人幻覺的強大能力。有關詳細的原理說明，我很樂意……」

「學長，麻煩你長話短說。」一刻從齒間擠出聲音。

「但是，中間的彎彎繞繞眞的很有意思。」

「那就截彎取直。」

「學弟，你們確定不聽嗎？雖然可能有點複雜……」

「化繁爲簡，求你了，學長！」一刻的大叫聽起來更像哀號。

「啊，好吧……」安萬里看起來有幾分失落和遺憾，可還是遵照學弟的願望，「結論就是『幻視』產生的幻覺，可以讓別人把你們當作是女性，當然不能實際碰觸到，也不能被拍照，不然就會被發現異常了。對同樣佩戴『幻視』的人，則不會產生任何效果，所以你們看彼此仍是原來的模樣。就只是要麻煩你們忍耐一下，會在鏡子裡或其他地方看到性轉後的外貌了。」

「我明白了……」一刻脫力般摀著額，吐出一口氣，「學長，你爲什麼不早點說？」

「哎，因爲我想見見學弟們驚慌失措的可愛模樣。」安萬里眉眼含笑，若無其事地說。

那坦然的態度反倒讓一刻噎了一下，僅剩的火氣就像星火，「咻」地全數熄滅。

「放心，是眞的有用途才會要你們戴上手鍊。」安萬里安撫道：「維安倒是出乎我預期地冷靜。」

「不不不，我一點也不冷靜。」柯維安乾笑著，罕見地沒有露出得意，「我看見時差點嚇死……那不就是符廊香的樣子嗎？這實在是……」

柯維安伸手大力搓揉自己的臉，整個人像脫水的植物般，顯得蔫蔫的。頭頂那縷總是迎風飛揚的髮絲也無精打采地垂了下去。

一刻抿了抿唇，眼神複雜。

就算符廊香早神形俱滅，徹底不復存在，可那名鬼偶少女真的留給一刻他們太多不好的回憶。

符廊香是由情絲創造的鬼偶，相貌特地做得與柯維安極為相似。不管是鬈翹的髮絲、大大的眸子，還是散布著淡淡雀斑的討喜臉蛋，任誰瞧了都覺得活脫脫是柯維安的女孩版本。

不知情的人或許還會以為是柯維安的妹妹。

但外貌看似與柯維安有著血緣關係的符廊香，手段狠辣、心機深沉，無邪的笑靨下是黏稠如泥沼般的濃濃惡意，多次讓一刻他們大吃苦頭。

一刻知道柯維安已走出對方帶給他的陰影，但不代表能完全拔除那些不甚美好的記憶。

一刻不發一語，大掌冷不防地按上柯維安的腦袋，有些粗魯地使勁揉了揉他的頭髮。

那就像無聲又笨拙的安慰。

可是充滿著一刻特有的溫柔。

柯維安眼裡亮起冀望的光芒，「甜心，再給我一個愛的公主抱怎樣？」

馬的，得寸進尺的傢伙！一刻果斷拍飛自己的同情心，皮笑肉不笑地扯扯嘴角，「行，還包準熱情到你的骨頭斷裂怎樣？」

「啊哈哈哈……還是不要好了，我怎麼捨得讓小白你多費力氣呢？」柯維安迅速換上義正辭嚴的口氣。

一刻懶得揭穿他，不再望向玻璃窗，免得越盯越不自在。

以前曾看過自己性轉的模樣，但不代表他很樂意再看到一次。

大男人的，誰想看到自己無端成了女孩子？又不是變態！

覷見恢復精神的柯維安興沖沖地貼近落地窗，欣賞般地將自己的倒影從頭看到腳，再從腳看到頭，只差沒自戀地說出一句「我怎麼那麼好看」，一刻嘴角的肌肉忍不住抽了抽。

他錯了，這裡就有個變態，他太小看柯維安了。

「對了，學長。」忽視那個自戀的娃娃臉男孩，一刻心裡還有疑問未獲得解答，「爲什麼你的倒影就沒變？你不也是有戴上那什麼……」

「『幻視』。」曲九江插入話，語氣聽起來像在嫌棄，「我的神居然連這都記不住？」

一刻毫不猶豫地選擇充而不聞——他們眼下情況已夠混亂，他不想再對著那張臉揮出拳頭，增加更多不必要的麻煩——目光繼續盯著安萬里。

「噢，關於這件事，有兩個原因。」安萬里推推眼鏡，笑得文質彬彬，那副俊雅模樣又吸引了一些正巧經過的女性注意。

只不過在發現那名氣質出眾的男子身旁，居然圍繞著三個風格迥異，或是可愛，或是清秀英氣，或是艷麗懾人的年輕女孩，她們頓時皺起眉，微滯的步伐重新加快速度。

一次帶三個漂亮女孩在身邊，花心、差勁，肯定是個衣冠禽獸！

絲毫不曉得自己在不自覺中被人貼上了「差勁男人」的標籤，安萬里對一刻他們說道：「第一個原因，就是調查過程中需要女性作爲誘餌。但紅綃也說了：『竟然想讓女孩子身陷險境？你們好意思嗎？』。」

「呃，男孩子也有人權的啊……」柯維安苦著臉說，「好歹把男孩子當人看嘛。好吧，我知道這是奢望。對紅綃來說，她劃分的人種就是帝君、女孩子、可以作爲實驗材料的男人、不能作爲實驗用的沒用男人……唔啊，我自己說著都覺得要受傷了。」

「不能否認，就如同維安說的那樣，因此才會需要用到『幻視』，讓你們稍微犧牲一下。」安萬里語帶歉意地說。

然而柯維安敢發誓，自己在那雙瞇起來像是狐狸眼睛的黑眸底，看見了愉快的笑意。

可惡啊，狐狸眼鐵定是覺得這樣很有趣！

「學長，那第二個呢？」一刻稍稍認命了，反正最多也只是外表看起來是女孩子，而不是身體被迫變成女生。如果還遇上生理期，那他媽的還眞是一個大悲劇。

「其實我第一個還沒說完。」安萬里笑吟吟地接著說道：「由於你們在他人眼中是漂亮可愛的女性了，身為學長，當然要盡到保護學妹的責任。」

似乎沒察覺一刻對「學妹」兩字黑了臉，曲九江面若寒霜，安萬里吐出解答。

「護花使者是一定要的，對吧？假使有人想前來搭訕，我還可以冒充一下男朋友哪。」

男……男朋友!?

這下就連適應能力最好的柯維安也猛地打了個哆嗦，雞皮疙瘩排排站起。

「拜託不要害我想像啊！」柯維安驚恐地嚷，「媽啊，這設定也太可怕了！與其要副會長你冒充男朋友，我還寧願跟小白直接裝百合！」

一刻則是嚇得當場懵了，否則他早就針對柯維安的最後一句話，甩出一記爆栗。

「維安乖，不要逼我說出『我也有選擇的權利』這句話。」安萬里還是一派溫和。

你已經說出來了……柯維安強迫自己嚥下吐槽。身為在場之中與安萬里認識最久的人，他自是明白在對方玩得正愉快的時候，千萬不要打擾他的玩興。

救命喔，狐狸眼這是在公會悶太久，悶出毛病了嗎？柯維安欲哭無淚地想，他現在還寧願是胡十炎來負責當他們的領隊。

即使那名外表稚幼的小男孩會毒辣地以言語攻擊他們這群小輩，可也好過被玩心大起的副會長，以各種令人異想不到的方式耍著玩要好太多了。

這邊柯維安正陷入愁大苦深的情緒中；另一邊，安萬里則公布了第二個原因。

「至於第二個原因，就更簡單了。」

戴著細框眼鏡的黑髮男子微微一笑，再次撩捲起一小截袖管，重新示出繫在手腕上的手鍊。

「因爲，這只是用普通的五色線編織的呢。」

普通的五色線……

普通的五色線？

換句話說，眼前笑容親切的神使公會副會長，只是在拿話術誆他們，讓他們乖乖地繫上「幻視」？

即便安萬里是一刻極爲尊敬的學長，在這瞬間，他也差點憋不住地想衝上前，抓著對方的肩頭，氣急敗壞地咆哮。

學長，所以你剛才他×的都是在耍著我們玩嗎！

如果知道一刻的想法，柯維安一定會哭喪著臉，呻吟著說：他就是在耍著我們玩啊，甜心。跟你說過了吧，狐狸眼的心最黑了！

「啊，忘記補充一點。」安萬里依舊親切得一如鄰家大哥哥，「只要戴上去沒滿十二小時，是解不下來的，物理攻擊也無效，畢竟是融合了紅綃的線和十炎的毛髮。」

曲九江陰沉著臉，收起了自皮膚底下竄起的緋紅碎焰。但看向安萬里的眼神像是巴不得能將他千刀萬剮。

「馬的，雖然他是學長……」一刻咬牙地說，「可還是超級火大的。」

「加一、加一。小白，你的感想完全就是我的感想呀，真想看他笑不出來的樣子。」柯維安壓低聲音。

一刻和曲九江的內心無比贊同。

這大概是這三名年輕神使第一次想法一致的時候了。

安萬里不是沒聽到小輩們的竊竊私語，他也不在意，都讓他們犧牲「色相」了，讓他們口頭上出出氣也好。

「好了，小朋友們，算算時間也差不多了，我們該去和無憂鎮的聯絡人碰……」安萬里尚未說完，忽地就聽見車站大廳內響起了廣播。

「旅客柯維安先生請注意，旅客柯維安先生請注意，您的妹妹正在旅客服務中心等您，還請您盡快趕至……等等，小朋友！」

甜美的女音乍現一絲忙亂，緊接著就聽聞另一道稚幼平板的童聲響起。

「哥哥。」

廣播很快就被切斷，可也足以讓一刻等人聽得清楚最後兩字。

柯維安絕對不可能錯認，他震驚地瞪大眼，「小……小芍音!?」

那分明就是人該在寂言村的符芍音的聲音！

「爲爲爲……爲什麼小芍音會……」柯維安連說話都不利索了，結結巴巴地喊，「我應該不是幻聽吧？應該不是……」

「幻你老木！還不快點過去，沒聽到人家都用廣播指名你了嗎？」一刻粗魯地往柯維安後腦勺一拍，要對方清醒點。

「先不管爲何，總之動作快。」安萬里眼中也有著詫異，顯然沒料到會在此地遇上符芍音。不過他更清楚眼下該做些什麼，立即解除環在周邊的簡易結界，俐落地下達指令。

「對對對！」柯維安一個激靈，理智全數回籠，忙不迭地就往旅客服務中心狂奔。

只是柯維安他們雖然常來繁星車站，卻從沒去過旅客服務中心，壓根不曉得它在何處。更何況車站內又如此廣大，即使有指標，還是費了一番工夫才終於找到。

服務中心內的女性站務員一瞧見有四名男女急匆匆地奔來，最前端的鬈髮女孩還難掩焦色，馬上就猜到這應該就是方才廣播要協尋的小朋友家屬了。

女性站務員揚起親和的微笑，正要轉頭對後方說什麼，卻猛然發現原本乖巧坐著的小女孩竟不見了。

咦？站務員表情一愣，隨即發現小女孩不知什麼時候跑到服務中心外。她登時鬆口氣，可再一瞥向另一端長椅上的人影，饒是再怎麼訓練有素，她的嘴角肌肉還是忍不住抽了抽。

柯維安一眼就看見那抹佇立在旅客服務中心外的嬌小人影。

那是個揹著兔子包包，手邊還提著一柄兔子雨傘的小女孩。

一頭雪白、在側邊紮綁成長長馬尾的髮絲格外搶眼，大大的鮮紅色眼眸平淡無波，令人想到玻璃珠；膚色比起一般人還要白皙許多，彷彿被剝離了色素。在滾綴著花邊的白色衣裙包圍下，整個人宛如由粉雪堆砌出來的雪娃娃。

任誰經過，都忍不住佇足多望幾眼，不僅僅因爲她相貌精緻，更因爲她還是一名白子。

「小芍音！天啊啊啊，眞的是小芍音！」顧不得自己的音量是否過大，柯維安一個箭步衝上前，幾乎是以滑跪的姿勢在符芍音的身前停下。他雙臂大張、熱淚盈眶，就等著好一陣子未見的妹妹投入自己的懷抱。

符芍音平板的表情瞬間出現裂紋，吃驚湧上她瞠大的紅眸裡。

「維安……」

包括聲音也是吃驚，以及猶豫的。

「姊姊？」

「噗！」慢一步趕來的一刻剛好聽見這幾個字，他別過臉、憋著笑，肩膀一聳一聳的。

不過一刻很快也笑不出來了。

符芍音顯然也注意到柯維安後頭的另外幾人，她一雙眼睛越睜越大，乍看下眞有如受到驚嚇的小白兔——如果不是她的小臉蛋還維持著面無表情的話。

「白白、曲，都變姊姊了？」

白白？那是在叫自己嗎？一刻啞口無言，隨即對旁邊發出悶笑的曲九江射出了惡狠狠的眼刀。

「不不不，我還是哥哥啊，小芍音！我絕對沒有因爲遭到狐狸的詛咒而變成女的，妳要信我！」柯維安還記得壓低音量，免得被聽到的人投以看神經病的眼神。

「喂！」一刻膝蓋無端中了一箭，凶猛的視線立即轉向，「你不提那事會死嗎？啊？」

「哎唷，小白，人家只是舉例給小芍音聽而已。」柯維安敷衍地朝後揮了揮手。

一刻額角迸出青筋，可礙於符芍音在場，總不好在小朋友面前直接痛毆她哥哥一頓。

「不，姊姊。女的，眼睛好。」符芍音仍很執著，不管她怎麼看，映入眼中的都是一名留著及肩鬈髮，還有胸的年輕大姊姊。

「該說是開發部的產品太成功了嗎？」思及手鍊未滿十二小時不能摘下、無法解除幻象，柯維安想了想，乾脆握住符芍音的小手，往自己胸前一按，「小芍音妳摸，是平的對吧？」

符芍音像是愣住了。從視覺上來看，柯維安的前胸明明有明顯起伏，然而這一碰觸，竟然是平的，全然沒有預想中的柔軟觸感。

或許是太過訝異，一時忘了平時堅持的「男女授受不親」，符芍音忍不住又摸了幾下，接著再摸向自個兒的胸口，低頭看看。

然後又看看柯維安的胸。

來回幾次後，白髮小女孩以一種嚴肅、有若發現新大陸的口氣說，「嗯，都平。」

太可愛啦！柯維安費了好大的力氣才沒有撲上前、用力抱住符芍音，但他旋即又露出熱切的笑容。

「小芍音，既然我現在外表是姊姊了，就不用擔心男女授受不親啦。來吧，快給妳親愛的姊姊一個熱情的擁抱吧。還有平胸才是王道，妳千萬不能……嗷！痛！」

一記忍無可忍的拳頭砸落在柯維安的頭頂，連帶將他的誘哄砸成了痛號。

「我操，你到底是有多變態啊！」一刻一點也不同情抱著頭嗷嗷慘叫的柯維安，眼神既冷酷又鄙夷。

「嚶嚶嚶，你好狠的心啊，小白……」柯維安蹲在地上，淚眼汪汪，「我只是想跟小芍音要抱抱而已嘛。」

有隻小手輕輕摸了摸柯維安的頭，宛如安慰。

柯維安心下大喜，可抬起頭後，他感覺心裡被戳了好幾箭。

「……小芍音，妳有必要站那麼遠嗎？哥哥我都要哭了。」

白髮小女孩不知何時與柯維安拉開了距離，手臂極力伸長，直至可以碰觸到對方腦袋。那模樣怎麼看都像是不想和柯維安靠太近。

「你剛剛的言詞可以搆得上性騷擾了哪，維安。假使帝君在的話，你可要小心，」安萬里悠悠然的嗓音橫入，「你的下面。」

柯維安胯下一緊，反射性夾緊兩腿。

「下午好。」符芍音一板一眼地朝走來的安萬里、曲九江低頭打招呼，「哥哥，照顧，謝。」

「不用謝，這是應該的。」安萬里毫無窒礙地笑著回答，似乎能夠明白那過分簡潔話語中的全部含意。

「小白，小芍音難道不是在說我都在照顧公會的人，大夥應該感謝我嗎？」柯維安茫然地問。

「聽你放屁，人家是在感謝學長他們照顧你吧？」一刻橫了柯維安一眼。

「什麼？什麼？」柯維安急得跳起來，「小芍音，妳千萬不要被這黑心狐……呃呃！」

柯維安猛地卡住，發現安萬里笑容可掬地等待他說出下文，他不禁發了一身冷汗，怎麼忘記對方就在現場呢？

「呃？」符芍音微歪著頭，認眞地重複最末的字詞。

「呃……妳怎麼會突然不聲不響地就跑來繁星？」柯維安硬生生扭轉話題。他這問題一問出口，同時想起一個不合理之處，「等一下，爲什麼小芍音妳會知道我們就在車站啊？」

發覺到三名學弟的視線霎時全盯住自己，安萬里舉起雙手，坦然道：「我必須要聲明，我是眞的不知情，我並不曉得符家小家主會來此。」

「不曉得。」符芍音點點頭，附和著安萬里的話。

柯維安自是不懷疑符芍音所說的，可心中的困惑越來越大。

「不聲不響也沒有。」符芍音突地又說，「電話有。」

這下子，是換另外三道眼神齊唰唰地轉至柯維安了，其中一刻的眼神裡還寫著「你這個混蛋」。

「慢著，我是冤枉的啊，甜心！」柯維安連忙申辯，還伸出三根手指頭發誓，「我眞的沒有接到小芍音的電話，不然我才不會讓她像迷路兒童般地待在旅客服務中心，而且我的手機都特地調成最大音……」

等等。

柯維安思緒一頓，既然他都把手機調成最大音量了，手機又塞在口袋，那怎麼可能會漏接對方的來電？

除非……

只見娃娃臉男孩下意識往褲子口袋一摸，然後他慢慢抬起頭，眨了幾下眼睛，露出尷尬的傻笑。

「那個……我的手機好像沒帶出來……」聲音越來越小，卻依舊能讓一刻等人聽得一清二楚。

這個白痴！一刻搗額大嘆一口氣，虧柯維安出門前還保證他什麼都帶了。

「我們先不管維安竟然粗心大意沒帶到手機，還導致沒接到最重要妹妹的電話。」安萬里蹲下身，溫和地問向符芍音，「小家主又是如何知道我們會在繁星車站這裡的？」

「不知道。」符芍音搖搖頭，「她告訴我。」

幾乎就在符芍音說完的下一秒，另一道女聲客氣地響起。

「不好意思打擾你們了。」

此時年輕站務員從櫃台窗口探出頭，卻在瞧見三女一男不約而同以銳利目光鎖定住自己時，心中一悚，冷氣自腳底竄上腦門，有種自己就像是被凶猛野獸盯上的可憐獵物的錯覺。

「不是她。」符芍音再次搖搖頭。

那些目光裡的銳利和凌厲立刻退得一乾二淨。

站務員覺得自己又能重新呼吸了。

這眞是太奇怪了，明明就是三名漂亮的女孩子加一個斯文帥哥……可自己怎會覺得可怕？肯定是錯覺。對，一定是錯覺！

年輕站務員深信自己只是在胡思亂想，她端著笑臉，正準備再開口。

一刻他們卻看見那名綁著短馬尾、顯得朝氣的站務員嘴唇開啓，但遲遲沒發出丁點聲音。

怎麼了？柯維安下意識看向一刻，後者也正狐疑地望著他，兩人在彼此的眼中瞧見顯而易見的困惑。

「小姐？」安萬里眉梢挑揚，溫和的笑意微斂。他見多識廣，第一時間就嗅到不對勁。

窗口後的年輕站務員仍維持著一模一樣的姿勢、一模一樣的表情。

這下子，就算是對他人漠不關心的曲九江，也忍不住移來目光。

遠方的人看來，或許會以爲這名站務員是在親切地指引旅客，自然不會注意到對方根本像是陷入了僵凝狀態。

她的眼睫毛不再眨動、眼珠不再轉動，乍看之下，簡直就像一尊時間靜止的雕像。

發現異狀的一刻等人心下一凜，立即進入戒備模式。

柯維安額前閃現金紋，轉眼形成肖似第三隻眼的圖案；一刻左手無名指繞上橘彩，宛如戒指般橫過一圈。

曲九江不若兩名同伴是浮出神紋，他的眼瞳覆上缺乏溫度的銀芒，看不見的妖氣環繞他的身周。安萬里一彈指，轉眼張開屬於守鑰的結界，讓他人不會察覺異象。

目睹一刻等人進入了備戰狀態，符芍音抿抿嘴，一閃身擋至旅客服務中心門前，鄭重地搖搖頭。

「認識。不壞，還給糖。」像要證明自己所言不假，符芍音從口袋掏出一小把包裝可愛的糖果。

繽紛的色彩，霎時刺痛柯維安的心。

娃娃臉男孩大受打擊地晃了晃身子，「竟然……竟然有人搶先一步用糖果誘拐小芍音？這怎麼可以！這種事明明只有我可以做才對的啊！是誰？究竟是誰？」

「幹！你的重點完全錯誤了吧！」一刻當下鐵青了臉。比起揪出那名定住站務員的神祕人士，他現在更想暴打自己同伴一頓。

「其實啊……」幽幽的聲音霍然冒了出來。

伴隨這道極細的嗓音，有五根細白手指冷不防攀掛在門框上，接著，又伸出了一隻手。

與此同時，竟還有多道細長的碧綠植物蜷曲繚繞地竄出，一下便伸展出尖長似劍的葉片，葉上還有白紋筆直劃過。

再接著，從門口符芍音的後方慢吞吞地探出一張小巧甜美的臉蛋。

那是個約十五、六歲，身穿白色輕飄飄衣裙的棕髮少女。她髮絲蓬鬆滑順，在頸間呈現出一道柔軟的弧度，末端則微微翹起，增添幾抹俏皮。一雙圓滾滾的大眼睛則令人想到林中幼鹿，深黝得像能反光似的。

在葉片的簇擁托扶下，少女終於站直身子，彷彿一朵在葉間綻放的素雅花朵。

一完成任務，所有的碧綠「咻」地又縮回至少女腳下，不見蹤影。

少女撓撓臉頰，露出一抹靦腆傻氣的笑容，「其實是我呢。告訴這小可愛能在這裡找到你們，還有這名漂亮小姐忽然不能動，都是……」

話語未竟，少女的身形猝地搖晃了下，旋即竟像被抽走骨頭般，整個人軟綿綿地往前趴跌。

「小芍音！」柯維安一顆心提至嗓子眼，展現驚人爆發力，衝上前一把拉過未察上方危險、隨時會被人壓在下面的符芍音，將她緊緊攬在懷裡。

全身上下透著神祕的怪異少女卻沒有真的趴倒在地——一道泛著朦朧光芒的光壁，即時接住她的身體。

「這還真是……」安萬里指尖前的白光隱沒。他雙手環在胸前，哭笑不得地搖搖頭，「原來小家主說的認識，是指妳認識我們……妳差點就要被我們的小朋友當成敵人了哪，鈴蘭草。」

鈴蘭草？是指那個女孩子嗎？一刻錯愕地看看安萬里，又看看那有氣無力的棕髮少女。柯維安心思敏銳，腦筋又轉得快，注意得比一刻還要深入。

「也就是說……」柯維安大吃一驚地拉高聲音，也不擔心會被旁人聽見，有守鑰的結界，這些都不成問題。「狐狸眼的你認識她!?」

問題甫衝出口，柯維安立刻意會過來。和安萬里認識，又出現在繁星車站，還是個疑似植物系的妖怪，最有可能就是……

「無憂鎮的聯絡人！」柯維安瞪大了眼。

「嗨。」沒有否認身分的少女舉起一隻手晃了晃，笑容仍透出傻氣，「不好意思啊，因為把漂亮小姐定住的關係，我現在超虛弱的，大概再三分鐘就會暈倒了。」

「沒用到超乎想像了。」曲九江辛辣地開口，眼神輕蔑。

「話不是這麼說唷。」有著植物名字的少女似乎毫不在意，還是傻呼呼地笑著，「雖然有這種副作用，但還是很好用的。就算是對付擁有四大妖血統的半妖，也是綽綽有餘。當然，對付神使和守鑰也是呢。」

三言兩語間就被點出身分，曲九江神情驀然轉為狠戾，「安萬里告訴妳的？」

「答案是……錯。」鈴蘭草趴掛在光壁上，搖搖手指。明明看起來天真爛漫，但吐出的字字句句都足以令人一震，「我的鼻子很靈呀，超級靈的。我還聞得出來你們通通是男的，啊，除了小可愛以外。既然是男的，卻還讓自己看起來是女的，唔嗯……」

鈴蘭草微瞇著眼，若有所思地拉長語調。

「你們是變態？」

幹！一刻青筋迸現，捏緊了拳頭。

「不是。」最先回答的人是符芍音，小臉無比嚴肅，「應該。」

「小芍音啊，妳大可以不用加上後面那兩個字的……」柯維安眼眶含淚，也不知道是爲了符芍音的話，還是爲了符芍音果斷地掙脫出他的懷抱。

「下次改進。」符芍音正經八百地朝柯維安一彎腰。

「嗷嗷嗷！小白，我妹妹是不是超級萌，怎麼有這麼可愛的生物啊！」柯維安連忙抓住一刻，眼中閃爍著感動的淚光。

「……你抓住的是老子的褲腰。」一刻極力忍耐地說，聲音聽起來陰寒得很。

被發現了……柯維安訕訕地鬆開手。

「哈哈，原來不是變態，那就好。我想說老大傳給我的照片是男孩子，怎麼忽然都變女的了，可惜沒一個符合我喜歡的標準。」鈴蘭草惋惜地說，沒發現一刻等人臉色一僵。

一刻後知後覺地意識過來，安萬里曾說的「博得聯絡人的好感」是怎麼回事了。我操，該不會所謂的犧牲不只當誘餌？還要「出賣色相」給鈴蘭草!?

太卑鄙了啊！柯維安又怎會沒想到這層，他目瞪口呆地望著安萬里。

神使公會的副會長仍舊笑得一派溫文儒雅。

「不過也沒關係啦。」鈴蘭草咯咯笑著，「反正老大也說了，有安萬里在，他除了會幫我們妖委會調查年輕妖怪失蹤的事，還會幫我們處理十幾年壓著沒動過的報告。從書架A到書架Z，全部都會幫我們搞定，沒弄完不會回去。就算回去，也會被他用尾巴抽出來的，所以妖委會的大家可是開心死了呢！」

安萬里的笑容這下徹底掛不住了。

第五章

安萬里千算萬算，怎樣也沒算到自己雖然搶下無憂鎮的任務，逃過了公會裡的文件山與文件海，卻反被胡十炎暗中捅了一記回馬槍。

直接將他賣給無憂鎮的妖委會充當苦力了。

安萬里不由得苦笑。公會的人私下總愛喊他「老狐狸」，可現下看起來，自己比起那名六尾妖狐還是差了一截。

人家那才是真正的狐狸啊。

標準的要死大家一起死；我受苦，你也別想逃過一劫。

感嘆歸感嘆，安萬里卻也沒辦法扔下任務就溜。一來，他還想在一刻他們面前當個模範學長；二來，是鈴蘭草剛說完自己已買好車票，記得趕緊到月台搭車後，很乾脆地昏倒了。

在鈴蘭草等於什麼也沒交代的情況下，安萬里更得扛起帶領一刻他們前往無憂鎮的責任，尤其是隊伍中又增加了一名小女孩。

面對挽起袖子、小臉蛋寫滿正氣凜然的符芍音，安萬里覺得自己似乎從來沒在一天之內苦笑過那麼多次。

「公主抱。」符芍音朝上張開雙手，大大的紅眼睛瞅著扛抱鈴蘭草的安萬里不放，「女漢子。」

「柯維安，她這是在說什麼？」一刻一頭霧水，暗中輕撞了柯維安一下，要對方幫忙翻譯。

「呃，小芍音想要被公主抱？」柯維安苦苦思索，但總覺得好像不對。

「芍音想要對鈴蘭草公主抱，因爲她認爲這是女漢子該有的行爲，我說得對嗎？」安萬里換上了和善的微笑，連帶地改了對符芍音的稱呼。

符芍音比出了一個大拇指。

「慢著、慢著，爲什麼是狐狸……副會長你能翻譯成功啊？這太沒天理了！照理說該跟小芍音心意相通的，應該是我……唔噗！」柯維安的抗議被暴力鎮壓了。

「閉嘴，有夠吵。」一刻甩了甩手，「我比較想知道的是，到底是誰教符芍音對人公主抱是女漢子的行爲？這什麼亂七八糟的想法。」

柯維安猜是楊百罌教的，然後楊百罌有這想法，是他無意中灌輸的。當然，他說什麼也不敢老實承認，只抱著腦袋，往更後方縮了縮身子。

「抱歉，讓小朋友搬重物的話，我可是會被帝君罵的。」安萬里朝符芍音溫和地說，「芍音，妳是來繁星找維安的吧。不過我們現在有事要出差到外地，妳……」

安萬里沒有說得很明白，但言下之意就是——

妳是要回寂言村？

或是跟著我們一起行動？

符芍音以行動表示了她的答案。她揹著兔子包包，帶著兔子雨傘，像是小鴨子般緊緊跟在柯維安的後面。

安萬里笑而不語地投給柯維安一記眼神。

柯維安瞬間心領神會，擺出了標準的敬禮姿勢，「報告組織，絕對會好好保護小芍音的！這可是哥哥的職責！」

見狀，安萬里點點頭，不再耽擱，一手扛抱著失去意識的鈴蘭草，一手持握著從對方那獲得的車票，帶領一票年輕人快步往指定月台趕去。

一路上，柯維安還不忘和一刻咬著耳朵，「小白，我現在真慶幸副會長讓我們戴了『幻視』。不然你想想看，一群男的帶著一名昏迷的女孩子，怎麼看都像是犯罪者。」

一刻必須承認，柯維安說得太有道理了。

鈴蘭草替眾人安排的是兩點出頭的無憂線火車，經過中間的一番小波折，還有要幫意外加入的符芍音補買票，等他們到達月台時，幾乎是踩著點，只剩幾分鐘就要發車了。

一刻他們所坐的這節車廂沒什麼人，只要聲音不大，基本上不管討論什麼再離奇古怪的話題，都不會引來他人的側目。

隨著火車發動，窗外的景色也開始快速轉變。行駛間所發出的哐啷音響，無疑替一刻他們的談話多添了層保護。

將座椅方向調轉過來，安萬里、柯維安、一刻、符芍音像開會般地面對面坐著。

曲九江坐在另一邊打盹，帽子蓋著臉，擋住了窗外的日光。他向來懶得加入討論，對他來說，只要知道結果與自己要負責什麼工作就足夠了。

鈴蘭草則是歪靠在對面走道的座位裡，不明就裡的人見了，約莫會以為她正在補眠。

瞧見柯維安動作俐落地自背包內翻出筆電、揭開上蓋，一副要展開深入探討的架勢，符芍音似乎也打算依樣畫葫蘆，一板一眼地打開兔子包包，小手往裡頭探。

那張缺乏表情的小臉蛋瞬間掠過吃驚，紅眸跟著睜大。

「怎了？」坐在符芍音對邊的一刻沒漏看她的變化。

符芍音沒有馬上回答，她不死心地繼續往包包內摸索，最後乾脆將包包裡的東西一股腦兒倒出。

「小心。」安萬里長臂一伸，幫忙撈起滾落地面的物品，「芍音，妳在找什麼嗎？」

符芍音臉上仍是平淡無波，可她周遭的其他三人皆清楚地感受到，她正散發出一股濃濃的失落氣息。

「大意。」符芍音小小地吐出一口氣，重新把離家出走專用的各式物品塞回兔子包包內，「寒假作業，沒有。」

幾名大學生加一名七百多歲的妖怪，足足慢了好幾拍才想起，小學生確實有寒假作業要做。

其中以柯維安腦子轉得最快，三兩下就串起了符芍音前來繁星市的可能原因，「所以說，小芍音來繁星市找我，是要我幫忙一起寫寒假作業嗎？」

「寫日記，觀察哥哥。」符芍音慎重地說，「還有數學。」

「這有什麼困難？來吧來吧，通通都交給我負責，我可是聰明絕頂天才美少年。要模仿小芍音妳的筆跡，百分之百沒問題的。」柯維安豪氣地拍拍胸脯，頭頂一縷髮絲好似也一併信心十足地翹起來。

「還聰明絕頂。少年，期末考一邊唸書一邊燒香拜帝君的人是誰啊？」一刻三兩下就拆了柯維安的台，不忘把多餘的「美」字摘掉，目光寫滿深深的鄙視。

「哎唷，小白，拜我師父的人多得是，我這叫順應潮流。」被當面吐槽的柯維安臉不紅、氣不喘，還有絲沾沾自喜。

可隨即就望見符芍音挺直身子，義正辭嚴地說，「作業，自己來。」

柯維安摸摸鼻子，突然有種心虛感。他決定以後考試前還是不要一天三炷香地拜師父好了，改成一天一炷。

「哥哥乖，談正事。」符芍音摸出紙筆，攤開空白的圖畫紙，「我也乖，不吵。」

眞是天使……救命，妹妹太可愛了怎麼辦？柯維安頓感心臟受到強力一擊。這時他忽地有點遺憾「幻視」只是製造幻覺，假使是眞的性別轉換，他現在就能不受「男女授受不親」這條教條所限，盡情地抱住小芍音了。

「如果你不介意，我可以代勞的，維安。」安萬里彷彿看穿柯維安內心的想法，他噙著可親的微笑，眼神則意有所指地往下一瞥，同時做了個手起刀落的手勢。

「不不不，還是不要好了。」柯維安忙不迭夾緊雙腿，背部極力往椅背貼靠，拚命與安萬里拉開距離。

「我開玩笑的。」安萬里推扶鏡架，笑得雲淡風輕。

「別啊，副會長，這玩笑一點也不好笑……」柯維安乾笑幾聲，爲了要轉開話題，急忙在鍵盤上敲打一陣，開啓了自己想找的文件檔，再迅速換上正經八百的表情，「我覺得小芍音說得對，我們該談正事，特別是關於無憂鎭失蹤女孩的事。」

「根據無憂鎭發來的那些情報，」安萬里不再逗弄柯維安，手指輕敲椅座扶手，用最簡潔的方式敘述了失蹤案的原貌。

「一，近一個月內有四起失蹤事件；二，失蹤的都是年輕貌美的女性妖怪；三，每人最長失蹤日不超過三天；四，都是在無憂森林邊界被發現，毫髮無傷，不記得這三天內發生過什麼，只記得似乎有人喊住自己，然後記憶中斷。從這些可以推斷出第五點……」

「五，凶手有非常、非常大的機率是妖怪。」柯維安指尖在鍵盤上靈活飛舞，敲出富有節奏的「喀噠」聲。他的嘴也沒有停下，說話有助於他更靈敏地思考。

「事實上，我認為肯定是妖怪。畢竟要說普通人類有辦法拐走妖怪，還讓她們失去三天內的記憶，我是不信的。而若假設是擁有充沛靈力的人類所下的手……唔嗯……」

「你是指像小可愛一樣的狩妖士嗎？」

天外飛來一句話，令柯維安他們都愣了愣。

那是屬於女孩子的銀鈴嗓音。

鈴蘭草不知什麼時候恢復意識，她探出身子，小鹿般的眸子眨也不眨地瞅著走道另一邊的四人，「無憂鎮一向格外留意狩妖士，只要發現有遊客的靈力高於普通人，我們就會私下做個記錄。發生失蹤案的這段時間以來，我們很確定這類人沒有出入鎮上。」

一刻他們沒有問鈴蘭草為什麼要特別留意狩妖士。

自古以來，狩妖士就是妖怪的天敵。

當然時至今日，大多狩妖士不會不分青紅皂白地就認定妖怪為「惡」。只是偶爾仍會有一些偏激分子。

鈴蘭草他們要防範的，就是這類人。

「好妖怪，不欺負。」符芍音從畫了多個火柴棒小人的圖畫中抬起頭。

「說得好！小可愛，妳眞是太可愛了！」鈴蘭草露出開心的大大笑容，也不管中間隔了一條走道，雙手奮力往前一探，摟抱著符芍音的小腦袋蹭呀蹭的。她的大半身子都掛在扶手外，令人忍不住擔心她的安危。

柯維安在提醒鈴蘭草坐好和嫉妒鈴蘭草與符芍音的親近中，毫不猶豫選擇了後者。就在他想發出哀怨抗議的刹那，卻聽到棕髮少女愉快地開口。

「所以我在車站看到小可愛，才會立刻黏著不放嘛。就算聞起來是厲害的小狩妖士，可是妳那麼可愛，又和老大發給我的照片上的那個白髮弟弟那麼像……雖說現在看是妹妹啦，我就篤定你們倆是兄妹了。」

「……不，我跟符芍音不是兄妹。」一刻無力地抹把臉，「老子這只是後天染髮……柯維安，你那什麼表情？笑得超詭異。」

覷見娃娃臉男孩不知為何掛著喜孜孜的笑，一刻皺著眉，瞪了對方一眼。

「嘿嘿嘿。」柯維安的笑弧越咧越大，整個人有如沉浸在喜悅的泡泡裡，好像一點也不介意鈴蘭草的錯認，「小白和小芍音像兄妹，小芍音實際上又是我的妹妹。這樣算起來，我們三個就是一家人啦。」

「呵。」前方座位飄來了毫不掩飾的冷笑，「照你這種算法，符芍音跟那個黑家的也像，那他是不是也算你家的？」

「開什麼玩笑！當然不算！」要不是記著腿上還有筆電，柯維安早就像被螯咬到地蹦跳起來。

探頭一望，發現他們這節車廂內只剩下自己人，柯維安也就不再克制音量。

「那種身高完全超出規格、年齡也過保鮮期的巨大倉鼠星人，跟我家的小芍音才不像好不好？沒有半點像的，沒有！」

……不，黑令和符芍音面無表情對視的時候，連眉毛揚起的角度都一模一樣。一刻最後還是體貼地沒將這話說出口，免得柯維安再次被觸動心靈創傷。

——就在期末考週前，黑令不知是從哪個網站看到了什麼，似乎想盡一點屬於朋友的心意。即使人在其他大學，還是專程前來繁大一趟，送了一袋歐趴糖……還有一大束壯觀的白色菊花給柯維安。

倘若不是知道那名灰髮青年是表裡如一的性子，一刻都忍不住要懷疑這到底是想祝福人考試順利，還是詛咒人全科紅字了。

鈴蘭草訝異地張大眼睛，顯然沒想到，找不出半分相似之處的柯維安和符芍音才是真正的兄妹。

「妹妹。」符芍音強調地說，手指比向自己，再比向鄰座的柯維安，「哥哥。」

「小芍音……」柯維安的心口像被溫暖的蜂蜜水浸滿，甜甜的滋味一路擴散。

「不用感動。」符芍音小大人似地拍拍柯維安的肩膀，明明是不流露情緒的小臉蛋，模樣卻有幾分老氣橫秋，「要乖，講正事。」

「沒有問題的，就讓小芍音見識一下什麼叫認眞工作的美少年最有魅力！」柯維安似是受到莫大的鼓舞，馬上腰桿挺得更直，鍵盤上的雙手也飛舞得更快，喀噠喀噠的敲打聲和火車行駛中發出的轟隆聲，仿若交織成一首振奮人心的樂章。

柯維安手指動作敏捷，思緒運轉的速度也提高了好幾階，他自己似乎都能聽到腦內有齒輪卡卡轉動的聲音。

「我把副會長發來的受害者名單做好統整了。」柯維安語速飛快卻又保持清晰，能讓周圍的一刻等人聽得一清二楚。

鈴蘭草撐起身子，不再危險地橫掛在坐椅扶手上，專心聽著柯維安的分析。

「種族沒有重複，彼此也不認識。在無憂鎭時，更不曾有過任何接觸，可以說是毫無關係的陌生人。」柯維安將筆電轉向，上頭是他調出的多張照片。

照片上，清一色都是外貌秀麗，以大眾眼光判斷，毫無疑問是「清秀佳人」的年輕女性。

「不過，還是不難發現她們幾人其實有著共通點的，所以綁架犯估計不是隨機動手。這些女孩髮長差不多及肩，都是與朋友一起來無憂鎮旅行的背包客，年紀……更正，是外表年紀皆是二十出頭而已。」

「總結起來，就是全部都是年輕漂亮的女妖怪？」一刻眉頭越皺越緊。

這些條件一列出來，綁架犯的動機簡直像是要劫色，可是按照妖委會給的情報，每一位受害者又是毫髮無傷，最多只是失去三天的記憶，怎麼看都讓人感到無比弔詭，也難以捉摸出綁架犯的眞正意圖。

總不可能只是爲了想和對方單獨相處三天，才把人綁走的吧？

「賓果，小白說得正確！」柯維安一彈指，「我目前整理出來的共通點就是這些了。」

「不對，還有胸部。」有人突如其來地這麼說。

車廂被一陣詭異的寂靜籠罩，眾人視線不約而同地看向出聲的棕髮少女。

他們當然知道那兩個字是什麼意思。

但是，這到底跟事件有什麼關聯？

「不好意思，鈴蘭草，妳說……」就算是安萬里也不禁露出一抹困惑。

「胸部啊，胸部。」清純可人的棕髮少女理所當然地再度重複，「女孩子們的胸。她們五人都有C罩杯以上，目測起來就跟白頭髮的……啊，宮一刻對吧？跟你的女性外表差不多。嘿嘿，你出乎意料地很有料，可惜只是幻覺產生的，不然就能摸個兩把。」

看著鈴蘭草做出了雙手揉抓的手勢，一刻僵著臉，差點就反射性地想護住胸前。

這靠杯的到底算不算言語性騷擾！

「沒騙你。」鈴蘭草嘿嘿笑著，甜美的笑靨看起來爛漫傻氣，「要是你綁成馬尾，氣質再活潑開朗一點，就符合我的標準了，就像車站旅客服務中心的那位漂亮小姐那樣，她屁股和胸部的形狀都很棒，可惜捏了一把，就被視爲洪水猛獸了。」

然而吐出的字句，和傻氣絲毫沾不上邊。

一刻驚悚地縮起身子，緊貼椅背，就怕鈴蘭草眞的出其不意地伸出魔掌。即使對方沒辦法碰觸到幻覺產生的胸部，他也不想無端遭人襲胸。

柯維安早在嗅出鈴蘭草的發言偏離正軌之際，就第一時間摀住符芍音的耳朵。

鈴蘭草那根本是性騷擾，貨眞價實的性騷擾。

瞄見安萬里習以爲常的態度，柯維安頓時恍然大悟。狐狸眼的果然早知道鈴蘭草的嗜好……靠喔，幸好他們三人戴上「幻視」後都不是鈴蘭草的菜，不然就眞的要犧牲色相了。

「你竟然好意思利用可愛又純潔的學弟們？太心黑了！」柯維安不平地向安萬里抗議。

「唔，如果九江學弟能收起火焰，我或許就眞的會覺得你們是可愛的學弟了。」安萬里雙手搭起，擱在腿上，一派從容的坐姿，連微笑的弧度都沒有變動，看起來就像畫中的優雅美男子。

——假使坐在他後方的曲九江沒有站起，沾染赤焰的利爪也沒有抵近他頸側的話。

「把火收起來，曲九江。」一刻私心不想阻止，但他可沒忘記他們還在火車上，想了想，他改變說法，「下車後隨便你想對學長做什麼，現在先收起來，聽到了沒有？」

曲九江發出嫌惡的咂舌聲，最終仍是熄去火焰，一屁股坐回自己的位子上。

安萬里不著痕跡地鬆了口氣。萬一一刻他們同時發難，身為不完全的守鑰，只怕也會心有餘而力不足，難以抗衡三名神使的聯手。

「呃，所以鈴蘭草妳……喜歡女孩子？」柯維安沒敢放開摀著芍音耳朵的手，同時也想起和自己師父有著好交情的那位金牛星，剛好就是熱愛全天下女性的代表人物。

「我家小芍音年紀還小，不，就算長大了也一樣，我是絕對不會讓妳對她下手的。我的室友C倒是可以借給妳……咳咳咳！不對，剛說話的不是我，一定是突然被不明力量附身了！」

察覺到涼颼颼的視線落至自己頸間，柯維安趕緊端出最正氣凜然的樣子。

「這隻下車後也隨便你了，曲九江，別在車上動火。」一刻揉揉額角，乾脆俐落地把柯維安也賣了。

柯維安驚恐地看著一刻，張大的嘴似乎想發出悲鳴，卻被鈴蘭草響起的話給硬生生截斷了。

「沒有啊，我喜歡的是像老大那樣的男性。」鈴蘭草十指交抵，雙頰泛起紅暈，一臉憧憬，像個情竇初開的小女生，「又帥又強大，他可是妖委會貓妖們的偶像。女孩子都當他是白馬王子，男孩子都立志成為像他一樣的帥狐狸。」

「不，等等，姑且不管老大在貓妖中有多受歡迎……」柯維安遲疑地問，「鈴蘭草，難道妳也認為狐狸是貓科的嗎？」

「你在說什麼？狐狸不就是貓科嗎？」鈴蘭草張圓眸子，不明所以地反問。

柯維安目瞪口呆地轉望向一刻。後者放棄似地揮揮手，表示自己不想和他探討胡十炎的洗腦功力有多強，居然連植物系的妖怪都相信狐狸和貓同一家。

鈴蘭草像是沒發現一刻和柯維安之間的眼神交流，她眨了眨眼睛，旋即露出恍然大悟的神情。

「啊，你們誤會了。我說符合標準，不是我的擇偶標準啦。正確來說，是我的興趣嗎？還是該說愛好呢？」

「啊？」

「欸？」

「嘿嘿嘿，人家只是單純喜歡摸漂亮、有朝氣女孩的Ｃ罩杯胸部，形狀漂亮的屁股也喜歡。」鈴蘭草靦腆笑起。

一刻和柯維安只能張口結舌，瞪著語出驚人的無憂鎮聯絡人。

「就像老大的喜好是夢夢露，安萬里的是……」

「我喜歡蒼井索娜，她眞是天使。」安萬里不忘大力推廣。

「然後是你，宮一刻，你喜歡什麼呢？」鈴蘭草甜甜地問。

「我？」一刻沒想到問題會落至自己頭上，怔了怔，下意識回答，「繃帶小熊……」

「所以囉！」鈴蘭草拍了下手掌，聲音霍地拉高，振振有詞地說道：「有人的興趣是繃帶小熊，有人的興趣是夢夢露，那麼當然也會有人的興趣是摸特定對象的胸部和屁股！我說得有沒有道理？」

「好像……」似乎被鈴蘭草氣勢所懾，一刻傻愣愣地就要跟著對方的思路走。

「甜心清醒點！不要那麼快就放棄你的堅持啊！」柯維安急急忙忙地喊，無暇再摀著符芍音的耳朵，他筆電往旁一擱，義無反顧地往一刻撲去，雙手抓住對方的肩膀猛搖。

「相信我，鈴蘭草說得特別沒有道理！而且與其摸別人的胸部和屁股，當然是加入我小天使萬萬歲教才更有人生意義，美麗新世界的大門正等著你開啓呀！」

「開……我操！開你老木啊！」一刻猛地清醒過來，青筋在他的額角突突跳著。他一掌糊上柯維安的臉，任憑那討人喜歡的五官在他掌心下被狠狠地擠壓成一團，膝蓋亦疾速往上一抬，抵住柯維安的心口，阻止彼此間的距離再縮短。

乍看之下，兩人呈現扭打在一塊的狀態。

「小朋友們，素質。」安萬里傷腦筋地嘆口氣，一彈指，瞬間有股無形力道在一刻和柯維安中間炸開。

「嗷！」柯維安重重地彈坐回椅內，只覺臉部被炸得又腫又痛，「打人不打臉啊……痛死我了，狐狸眼的你鐵定是嫉妒我帥！」

「乖，夢話在夢裡說，我只是要阻止兩位學、妹，」安萬里在特定兩字上加重了語氣，「不要在公眾場合打起來。」

「我不介意耶，其實很養眼的。」鈴蘭草嘿嘿一笑，「兩名美少女的肉搏戰，讚！」

「打架不好。」符芍音微蹙起眉，「哥哥，不乖。」

「沒有沒有，小芍音，我和小白向來相親相愛，這也不是打架。」這其實是我單方面受到鎮壓啊……柯維安在心裡掬了一把心酸淚，武力值差太多就是這種下場。

驀地，柯維安意識到一個問題，還是安萬里的話無意中提醒他的。

就是稱謂。

他們三人在別人眼中看來是女孩子，萬一被聽見符芍音喊自己哥哥，恐怕會引來不必要的注意。

在這種時刻，能不節外生枝就不節外生枝。

「小芍音，妳這一、兩天在別人面前記得改口叫我姊姊。」柯維安諄諄教導，「不用在意地儘管叫，我可是穿女僕裝都不會有壓力的美少年，被叫姊姊也是完全沒有問題。」

「或者是直接喊可愛的別稱囉。」鈴蘭草伸伸懶腰，從位子上站了起來，「像小安、小白、小九，這樣就不會引起別人的懷疑，不然太男性化的名字容易受到關注。」

一刻和柯維安齊齊看向面無表情的「小九」。

「我還是喊室友C好了……」柯維安吶吶地說，有種喊了「小九」就會迎來可怕災難的感覺，例如疾射而來的鳴火之炎。

「……我乾脆就不喊了。」一刻眼神放空一秒，實在太難把這可愛的別稱冠在自己那一點也不可愛，還傲慢無禮的神使身上。

火車已經開始減速，再減速。

窗外景色不再飛梭掠過，而是更像清晰的風景畫，一幀幀烙印進眾人眼內。

車廂內的廣播隨之響起。

「終點站，無憂站即將抵達，請各位旅客準備下車，也請不要忘記您隨身攜帶的行李。感謝您的搭乘。」

很快地，火車完全停下，車門開啓的聲音「唰」地傳出。

「總算到達啦，等一下無論見到什麼都不要太驚訝唷。」鈴蘭草雙手負後，步伐輕快地領在前頭，轉過的側臉流轉著小女生般的天眞嬌憨，「畢竟那些可都是無憂鎭的特色呢。」

就在鈴蘭草靈巧躍跳至月台上的那瞬間，還未踏出車門的一刻等人清楚看見——

棕髮少女的髮絲轉眼染上柔和的淺綠色，似小鹿般無辜的眸子中心擴散出碧光，立時渲染爲如草尖般鮮嫩的青碧，頭上佩戴著鈴蘭花簪，就連原先輕飄飄的衣裙也徹底變了樣式。

粉綠與淺白交錯，包裹住那具嬌小纖細的身軀，遮擋住前胸肌膚的草綠背心就像尖長的鈴蘭葉片延展，還能見到鈴蘭的圖紋在布料上頭栩栩如生地綻放。

猶如鈴蘭化身的綠髮少女彎著腰，向一刻他們行了個禮。

「正式再向各位自我介紹。」

脆生生的嗓音溢出。

「妖委會副會長，西山妖狐族長旗下的第二十三支眷族，鈴蘭草，代表無憂鎭，竭誠歡迎神使公會諸位的到來。」

月台上，淡淡煙氣繚繞，將一切景物暈染得如夢似幻。

在欠身行禮的少女後方，白色站牌靜靜矗立，墨黑的「無憂站」三個大字，工工整整地書寫在上頭。

第六章

一刻他們的確呆住了。

再更正確一點的說法，呆住的其實只有一刻和柯維安而已。

安萬里在之前的言語間，已提過他曾多次來訪無憂鎮，對這裡可謂毫不陌生。

而同爲初次踏上此地的另外兩人——曲九江鮮少會顯露冷傲和輕蔑以外的表情；符芍音就更加不用說了，那張平板的小臉蛋，著實很難判斷她此刻的情緒。

「很令人吃驚對不對？」安萬里是最後一個踏出車廂的。像是早預料到兩名學弟的反應，他笑吟吟地問，「我第一次到來時也有些驚訝。我猜不論對人類或妖怪來說，這景象都有點不可思議。」

「啊……」一刻無意識地發出附和的單音節。

向來話多的柯維安倒是難得陷入安靜，可從他瞠圓眼睛、張大嘴巴的模樣來看，他此時的沉默更像在爲待會要爆發的一連串叫嚷蓄力。

不管如何，一刻他們皆被一股震撼的情緒所籠罩。

他們目光齊齊落至恢復眞身相貌的鈴蘭草——的後方。

是的，一刻他們並不是因爲目睹鈴蘭草展現出她妖化的模樣才吃驚。

再怎麼說，神使公會裡最不缺的就是妖怪。三不五時就能瞧見看似普通人的傢伙，一晃眼就多了隻眼睛或是雙腳變成尾巴，如此頻繁地看下來，早就見怪不怪。

一刻他們是爲了車站外的景象。

無憂車站是座簡單迷你的小車站，月台也只有一刻他們腳下所踩的那一個，想要出站，直接沿著月台前方的緩坡下去，穿越鋪設在鐵軌間的木板通道，就能直達剪票口，繼而正式踏上無憂鎮。

在火車上，一刻他們就大略知道無憂鎮是座風貌古樸的小鎮。建築物維持著黑牆青瓦，路面也不是鋪設柏油，而是整齊的青石板綿延伸展。周邊盡是蔥翠青山環繞，薄紗似的縷縷山嵐時不時乘風飄下，使得小鎮就像籠於氤氳中。

山景、街景交融，宛若一幅寫意的潑墨山水畫。

在這幅山水畫中，自然少不了遊人如織。

那些遊客有男有女、有老有少；有單獨行動，也有結伴前來的；有看起來沒任何異樣，也有看起來……

分明就不是人類的。

那些人或是獸耳、獸尾、獸首；或是植物纏繞、花朵盛綻；或是尖牙利爪、鱗片覆蓋。

在人類口中，他們有著共同的稱呼。

妖怪。

理應會引起人們驚惶恐懼的妖怪，如今竟再自然不過地和人共處一方。後者就像是不覺哪裡有異，彷彿那些不該出現在一般人身上的妖化特徵，在他們看來皆成爲了理所當然的存在。

「這、這是……」柯維安震驚地看著車站外一票遊客魚貫通過剪票口，誰也沒對剪票人員是頭穿著筆挺制服的大老虎發出異議，更遑論驚聲尖叫了。

「這是……」柯維安乾巴巴地再次呻吟，接著原本卡在喉頭處、不斷積累的震驚一口氣爆發了，「這根本就不科學啊！爲什麼那些人好像都習以爲常？總不可能我們看見的人其實全部都是妖……唔唔唔！」

娃娃臉男孩眼睛瞪得更大了，他的嘴巴瞬間被數條柔韌的枝蔓纏上，還能瞧見碧綠間開綻幾朵鈴鐺狀的白色小花。

見鈴蘭草快一步地做了自己想做的事，一刻默默收回手，心裡有點慶幸，總算不用每次都由他來摀上柯維安那張不注意時間、場合的嘴巴。

掌心被迫沾染到男人口水這種事，可沒半點令人感到愉快。

「嘿嘿，當然不是全部都是囉。不過我們還是先到外面，說明起來也會更方便。」鈴蘭草手指交抵，甜甜地說道。自她腳下平空又竄伸出綠色的莖葉，眨眼就成了一條散布小巧白花的鈴蘭長鍊，繞住柯維安的雙手。

緊接著，一股無形力量拉著柯維安往車站外走。

柯維安淚汪汪地朝一刻投予求救視線，覺得自己活像被押解的可憐囚犯，他還寧願做這種事的人是他家小白或小芍音啊……

一刻不曉得柯維安的內心活動，可他本能地感到背後一寒，因此不假思索地回了一記冷酷無情的眼神，說不救就是不救。

奇異的是，月台上的人們似乎不覺這支活像押解犯人的隊伍有何不妥，還有不少人露出了親切的笑。

甚至還有人躍躍欲試，想上前搭個話——清一色都是男性。

只不過，當他們發現想搭話的對象，身高比自個兒還高出一大截，笑容通常會尷尬地僵在臉上，驚艷的目光有大半會轉成驚嚇。搭訕的台詞不禁卡在喉嚨裡，好半晌都擠不出來。

對這些小插曲，一刻渾然未覺。他照慣例板著臉，對於在身上停留過久的打量，則回敬凌厲的眼神和緊皺的眉宇。

但以往能收到卓越效果的這個動作，這次居然成效不彰。

一刻眼中閃過狐疑，納悶那些人怎麼沒落荒而逃，迅速與自己拉開距離。

邊被拉著走，邊奮力扭頭向後看的柯維安沒錯過一刻的臉部變化。他多想當那名白髮男孩的貼心說明小天使，奈何嘴巴被封著，只能在心裡刷著成排的滾動字幕。

甜心，你忘記在別人眼中你是女的了嗎嗎嗎嗎！

待一踏出無憂車站，鈴蘭草的手指往虛空一點，所有纏縛在柯維安身上的鈴蘭莖葉飛速抽離，重新回到她腳底下。

「咳咳咳，呸呸呸……」柯維安趕忙一抹嘴。他可是聽說鈴蘭含毒，也不知道會不會因此誤吃毒素，「雖說和美少女玩捆綁摸累是很不錯，但我還是比較希望……」

「維安，謹言慎行。」安萬里慢悠悠地說，笑意溫柔，卻令柯維安感受到莫大的壓力，「還有，你沒吃下就不用擔心中毒。」

隨著安萬里意有所指的瞥視，柯維安驀地想到，現場可是還有一個學齡兒童，有些話不適合說給小朋友聽。他連忙掩上嘴，大眼睛望向符芍音。

白髮小女孩像是沒留意柯維安那方，她的視線投向別處，好一會才又收回來。

「……不可思議。」符芍音像憋氣許久般慢慢吐出一口氣，鮮紅如寶石的眸子裡流露敬佩，「不怕妖怪。」

即便字句仍過於簡潔，但一刻他們不約而同地都聽懂了。

符芍音是在說：人類完全不怕妖怪，真的太不可思議了。

「很不可思議吧？」鈴蘭草手負於身後，巧笑倩兮地說道：「不過我要揭曉眞正的謎底啦。來這地方玩的人類，或是住在這的人類，他們會不怕妖怪，是因爲——他們不知道我們就是妖怪。」

什——數雙眼睛頓地愕然大睜。

誰也沒想到會聽見這麼出人意表的答案。

「不可能。」符芍音再如何老成，終歸是個孩子，內心的驚訝立即壓抑不住地衝出來。話一脫口，白髮小女孩又像覺得自己反駁得太快、有失禮貌，紅眸登時眨巴眨巴地瞅著鈴蘭草。

這和一旁柯維安的動作簡直如出一轍。

望見這幕的一刻想，怎麼會有人認爲自己與符芍音是兄妹，不管怎麼看，都該是柯維安和符芍音才對，兩人的小動作像得不得了。

「我可以邊走邊說給你們聽。」鈴蘭草仍舊笑咪咪的，還彎身摸摸符芍音的頭，表示不用放在心上，「我們就先往另一邊走吧。現在是遊客準備搭車回去的時候，往街道的方向會和他們撞上，不如把握時間，到案發現場看看如何？」

「案發……妳是指找到失蹤女孩們的地方嗎？」柯維安放下手，一下就從腦海裡翻出記下的情報，「就是那座……」

鈴蘭草回頭嫣然一笑，像是春天最明媚的花。

「啊，就是那座無憂森林呢。」

鈴蘭草不愧是本地人，還眞的找了一條通往無憂森林、罕有人煙的路徑。

與鎭上所見相同，沿路仍繚繞著淡白的霧氣，甚至更多。像是從地面升起，又像是自天空沉降，令人難以分得清楚霧氣究竟是從何而來。一抬手，彷彿就能將那薄紗般的氤氳氣體抓握在掌中。

令人不由自主地產生自己置身飄渺仙境的錯覺。

越是往前走，霧氣越是增多，可始終維持著一定的能見度，不至於讓人像陷於五里霧中，分不出前後左右。

一刻原本以爲車站那邊看見的霧氣，是自山間飄下的大片山嵐。然而隨著前方鬱鬱森林的輪廓逐漸勾顯出來，他心底的不確定也一再加深。

在他看來，霧氣簡直像是由林中深處孕育出來的。

森林上層枝葉被呑噬得半隱半現，樹根附近也能發現一縷縷白霧溫馴攀繞。空氣裡的濕度明顯加重，只要大口吸氣，就會感覺一股沁涼如條小蛇般滑入胸腔內，滲透四肢百骸。

曲九江爲天生能操控火焰的鳴火，臉色比平時還要陰冷，全身上下都在無聲叫囂著他的不快，似乎難以忍受這對一般人來說稱得上是「舒適」的濕潤感。

有好幾次，一刻都瞄見那名半妖青年的指尖乍現紅光，旋即又像極力克制地消失無蹤。

一刻莫名生起某種自家小孩總算長大的奇異自豪。不過他不打算說出來，免得曲九江當場惱羞成怒，直接引發一場森林大火。

「小白，你的表情很怪。你吃壞肚子，憋不住了？」曲九江捕捉到一刻臉上的細微變化，慣有的嘲諷不客氣吐出。

一刻心裡的自豪感瞬間塌碎個精光。

「操！你才吃壞肚子，你全家都……」思及自己這一罵下去，會無端牽連楊百罌他們，一刻硬生生吞回後半截，改惡狠狠地衝著曲九江豎起中指。

「曲九江，你再詛咒我，當心老子真的把你拖到一邊痛揍一頓。」

怕帶給符芍音負面影響，一刻在咒罵時還不忘降低音量。

「嘖，連別人的關心也不接受嗎？小白，你未免也太難搞了。」曲九江撇撇唇，語帶不滿。

一刻五指猛地攢成拳狀，青筋跟著從手背上一路迸現。

幹幹幹！憑什麼他得被一個難搞到極點的機車混帳說自己難搞？重點是，對方居然還好意思說？這也太不要臉了！

一刻拳頭捏得作響，正當他思索著「是否要揍曲九江的臉，果然還是揍臉好了」之際，整路意外安靜、沉浸於自己世界中的柯維安冷不防大喊一聲。

「我懂了！是幻覺吧？絕對是幻覺的緣故！我真是天才！」

這突來的高分貝嚇了眾人一跳。

一刻捏緊的拳頭反射性鬆開。

在前方帶隊的鈴蘭草訝異地停步回頭，就連低頭專心數著路上螞蟻的符芍音也仰起小臉，張大的紅眸直直盯著柯維安。

「幻覺，哥哥看見？」

「維安，你終於要不行了嗎？但是我必須遺憾地告訴你，就算你體力不行到甚至產生幻覺，我也不會揹著你走的。」

「小芍音，哥哥沒事。呸呸呸，副會長你想太多了，我就算不行了，也是要小白揹，讓我的前胸和小白的後背來個親密……」

柯維安越說越亢奮的聲音，被一道陰惻惻的男聲掐斷。

「你也可以和我的拳頭很、親、密，我保證。」

柯維安瞬時噤聲。

「或是省去廢話，告訴我們你到底是發現了什麼？」一刻沒好氣地說。打從一開始，他就沒打算眞的要給柯維安一拳，要揍也是等符芍音不在場再揍。

聞言，柯維安雙眼大亮，馬上又生龍活虎了起來。

「不愧是我家親親，就是那麼理解我！」柯維安眉開眼笑地捧著臉，嘴角控制不住地咧開，「我說的幻覺，是指無憂鎭上的那些遊客啊鎭民啊，總之就是人類，會不會是受到幻覺影響，才沒發現身邊人是妖怪？就像我們戴上『幻視』，於是其他人都把我們當作女孩子了。我說得對不對？快快快，快告訴我，選我一定正解的。」

「恭喜你……」鈴蘭草笑意吟吟地拉長尾音，「答錯囉。」

「啥!?」柯維安不敢置信地跳起，「爲什麼？我還以爲我找出正確解答了耶！」

「嘿嘿，但不對就是不對呀。」鈴蘭草手指一張，掌心上忽地平空浮出一柄細長物體。鋒利的銀光閃爍，令人初看時以爲是劍刃。

可就在下一秒，鈴蘭草所抓之物赫然延伸，像一尾疾敏的銀蛇，迅雷不及掩耳地往前方抽甩而去。

徘徊在前的淡白霧氣就像被銀蛇撕咬下大塊面積，立即開出了一條未沾染任何氣體的道路。

沒了稀薄霧氣的遮掩，前方景色一覽無遺。

眼前森林樹木筆直高大，枝葉繁密。

不論是地表或是樹上，還能見到地衣、松蘿有如團團細線纏捲垂降。那些被攀附住的樹枝遠看更像是毛茸茸的蜘蛛腳般，有幾分張牙舞爪的味道。

鈴蘭草手腕驀地又是一甩，柔韌的長鞭立刻變得硬挺，長度也恢復最初。無論怎麼看，就像一柄發散凜凜寒光的利劍。

「軟劍。」符芍音第一個出聲。雖說年紀小，但身爲狩妖士、符家的小小姐，她自小就對武器的種類有過不少涉獵，方能一眼辨識出鈴蘭草手上的究竟是何物，「選我，正解。」

看著肩揹兔子包包的白髮小女孩抬頭挺胸，小臉嚴謹，鈴蘭草不住噗哧一笑。

「小可愛是正確答案沒錯了。」鈴蘭草舞出一朵花俏的銀亮劍花，「至於柯維安，你的爲什麼錯？很簡單，就算換成老大，換成最擅長幻術的六尾妖狐，也不可能長時間、不間斷地維持整座城鎮的幻覺呢。況且，你們沒注意到嗎？」

鈴蘭草回眸對一刻等人露出嬌俏的笑顏，接著再次邁出步伐，領著所有人一步步深入無憂森林。

被軟劍劍氣驅離的白霧，就像受到透明障壁的隔離，僅僅在一刻他們兩側緩緩流轉，一時半會間未再靠近，彷若慢速遊走的白色大魚。

「注意到，除了沒發現鎮上有妖怪的存在外，」鈴蘭草脆生生的聲音在林間好似鈴鐺晃動，「甚至也不覺得柯維安被我用植物捆著這件事，有哪裡不對勁。」

一刻他們猛地回想起來。

所有人的態度都太正常了，才會讓他們一時忽略了這份「不正常」。

那絕不會是一般人該有的反應。

「再給你們一個提示。無憂鎮，包括無憂森林，什麼東西最多呢？」綠髮碧眸的少女側過臉，漂亮的杏眼彎出了貓咪般的狡黠弧度。

一刻與柯維安面面相覷，直覺先想到了妖怪，但好像又有點不太對……

「霧。」

有人忽然冷冷地說。

一刻和柯維安「唰」地轉過視線。

曲九江面無表情，在對上那兩道目光時，譏諷地微微扯動唇角，有若無聲地嘲笑「這麼簡單也發現不了嗎？」。

操！一刻板著臉，就算早知道自家神使的性格差勁，但還是好想揍他。

柯維安果決地無視，反正之後有他家小白會負責揍室友C一頓，眼下他更急於釐清霧氣與無憂鎮之間的關係。

有疑問梗在心頭，對柯維安而言就像有爪子在撓他，撓得他心癢難耐。

「說得對，就是霧。」前方的鈴蘭草頭也不回，愉快地說道。她熟門熟路地在森林裡穿梭，時不時揮甩一下手中軟劍，驅趕霧氣。

「這些霧是從無憂森林裡生成，再擴散到整座鎮上，終年不消，對外地人來說也蔚為奇觀。不過要問起是何時出現、為何會出現，縱然是在這生活最久的前輩們也不知道。反正世上本就有許多難以解釋的現象。」

「的確呢……」安萬里低聲喃喃。他想起從毫無意志的蒼淚中產生的守鑰一族；想起曾是蒼淚部分，最終卻擁有獨立意識和人格的秋冬語。

屬於鈴蘭草的清脆嗓音還在繼續，並未被周圍氤氳淡霧抹糊，一字不漏地全進入一刻他們的耳朵裡。

「經過分析，無憂森林的霧本身含有輕微致幻與鎮靜的成分，對人類尤其有效。省去中間又臭又長的說明，結論就是……」

無憂鎮妖委會的副會長陡然頓步旋身，青碧色的大眼睛瞬也不瞬地凝望眾人，有種懾人的魄力。

「這些霧可以讓人類下意識忽略各種不尋常，他們的大腦會自動把眼睛看到的怪異景象轉換成合理的解釋。而等到他們遠離無憂鎮，霧氣的效果就會減弱了。基本上，會來無憂鎮玩的妖怪也都知道這點。所以要是誰敢趁機撒野，我們妖委會就會鉅細靡遺地教導他們做妖的道理。」

「這也是為什麼，十炎要把任務交給不可思議社的原因。」安萬里笑著接話，「他想讓你們見識一下無憂鎮的奇特之處。鈴蘭草，妳還有什麼要補充的嗎？或是小朋友們有誰要提問的？」

「我，我我我！」柯維安二話不說地將手舉得又高又直，「報告副會長，我有。這霧是只對人類有影響嗎？但我們明明就分得出人類與妖怪啊。」

「對本就知道妖怪存在的人，自是無效。你們所待的世界早已不是一般人的現實了。」安萬里放緩了聲音，「至於對妖有沒有影響，這就要問鈴蘭草了。我來這麼多次，倒是從未感受到異樣。」

霎時成為注目焦點的鈴蘭草也沒多賣關子。

「有喔，這裡的霧會讓妖怪對妖氣的感受變弱，除了像我們這種鼻子特別好的。另外，它還會讓部分妖怪和人類忘記一點點無傷大雅的小小小事……每一回忘掉的都不盡相同，例如忘記自己曾尿床啊，忘記有作業要交啊。」

符芍音頓地一凜，重新確認自己還記得要寫觀察日記，一顆提高的心這才放下來。

「還有忘記上禮拜摸過幾對美妙的胸部。」似乎沒看見一刻他們古怪的表情，這名綠髮少女忍不住又十指交抵，露出了純真帶著羞赧的笑容，濃密的長眼睫搧了幾下。

「其實呢，我現在就忘了要怎麼才能走出無憂森林呢，嘿嘿。」

身爲守鑰一族，身爲神使公會副會長的安萬里，向來對於自己的計畫謀略很有信心。一旦決意要做的事，更會從各個角度細細考量、沙盤推演，確保萬無一失，才盡情放手一搏。

就像將自己的意識從「守鑰」本體切割出來的那一次。

縱使中間波折甚多，但他相信同伴，同伴也給了同等的信任，於是到頭來，依舊如安萬里所料，有驚無險地度過。

只不過這一回，這名在他人眼中一直扮演運籌帷幄角色的黑髮男子，破天荒動搖了。

望著面前撓撓後腦勺、笑得傻氣無辜的鈴蘭草，安萬里不禁深深懷疑，也許他根本不該和胡十炎爭這份任務的……不，等等，指不定那名六尾妖狐就是故意裝模作樣地搶任務，好讓他願者上勾。

越想，安萬里越難排除這份可能性，畢竟他和胡十炎在交情上的體現，就是不遺餘力地彼此互坑。

這邊，聯想力強，也可以說是善於自行腦補的安萬里已經陷入了思考的迴圈。

另一邊，一刻他們是鴉雀無聲地看著鈴蘭草。

管不住表情的一刻和柯維安更是目瞪口呆，只差臉上沒寫著大大的「我靠」兩個字。

偏偏後頭的霧氣不知不覺中再次聚攏，薄紗般的氣體徹底朦朧了來時路，林中每個方向看起來似乎都一模一樣。

在筆直高聳林木的環伺下，顯得渺小的一刻等人，簡直像隨時會被這座森林吞沒其中。

「不……不是吧！」柯維安好不容易擠出聲音，他結結巴巴地說著，「妳、妳忘了？但妳不是妖委會的副會長嗎？靠喔，爲什麼妳忘的不是這禮拜摸過多少人的胸部啊！」

說到最後，柯維安的聲音更接近慘烈的哀號了。

「這裡可以燒了吧？」曲九江指尖微動，紅光乍燃，緋色的烈焰轉眼成形，攀繞在他的臂膀上。

「當然不行！」一刻和鈴蘭草異口同聲地喊。

「你他媽是傻了嗎？不准燒！」一刻厲聲喝道。這火要是燒下去，萬一無憂鎮的妖怪都得被迫遷徙，那該怎麼辦？

「這森林……應該佔地不大吧？」柯維安抱持著一線希望地問。

可下一秒，就被鈴蘭草誠實的回答給打碎了。

「森林是連著山的。你們剛也見到，無憂鎮是群山環繞嘛。要是走對了，就可以沿原路回去，或是走到鎮上的另一頭。走錯了……」

毋須言明，眾人都知道一旦誤入深山，四下又煙霧瀰漫，最糟的結果可能是困個一、兩天才有辦法脫出。

「靠靠靠，這未免也太慘了吧？凶手都還沒開始查，反倒是我們要先遇難了……」柯維安抱頭呻吟，「師父知道鐵定會笑死我的啊！」

「——啊！」

尖銳的叫喊撕裂林間的空氣。

柯維安大驚地抬起頭，「這森林難不成還自帶回音效果？」

「不。」符芍音言簡意賅地搖搖頭。

「白痴，那是別人的聲音！還是個女的！」一刻恨鐵不成鋼地搧上柯維安的後腦。

「追著那聲音過去！」安萬里最先下達指令，溫和的聲音揉入一抹嚴厲。

錯愕只是轉眼間的事，一刻他們即時就反應過來，那發出大叫的不明女性，很可能是他們將要調查的事件裡新一位受害者。

數條或高或矮的人影毫不遲疑地衝掠出去，像飛馳的閃電。

其中尤屬鈴蘭草速度最快。

那抹纖細的影子有如腳下裝了彈簧，每一竄躍都是又高又遠。細長的四肢充滿爆發力，幾個起落，已然與一刻等人拉開一段距離。

「真的假的？這哪像植物系的妖怪，那速度分明是獸系妖怪了吧！」柯維安難以置信地喊。

似是早料到自己會領先在前，鈴蘭草每次足尖一落，地面上轉眼抽長出翠碧綠葉，再開綻潔白如鈴鐺的花朵。

那一株株鈴蘭就像是引路的標誌，指引著一行人跟上鈴蘭草的步伐。

他們都不是普通人類，包括符芍音在內，速度皆是飛快。用不了多久，幾個起落就能把那陣聲音聽得更真切。

「……松蘿！等一下啊，松蘿！」

確實是年輕女孩的聲音。

從話裡的人名判斷，足以推論出進入森林的起碼有兩人。

然而聽清那道喊聲的一刻和柯維安卻是心裡一愣，那聲音對他們來說太熟悉。「該不會」、「怎麼可能」等等的念頭在他們腦海中一閃而逝。

「這該不會是……」安萬里訝然的低語自後頭飄出，無疑加深了一刻他們的猜測。

「靠，沒那麼剛好吧？」一刻咂下舌，「柯維安，加快速度！符芍音，我抱著妳跑！」

「不……」符芍音剛冒出拒絕的音節，一隻手臂已飛快伸來，不由分說地撈起她身子。

不用顧慮符芍音會不會趕不上隊伍，一刻眼神一厲，橘色神紋蔓延至他的手背上，速度驟然又加快不少。

聽見後方的響動，鈴蘭草下意識扭頭，張大的碧眸裡映入猛地拉近距離的白髮人影。

好快！吃驚像泡泡般從鈴蘭草心中冒出。她沒想過本質是人類的神使居然有辦法跟上她的速度，再怎麼說，她也有著天生的種族優勢……

鈴蘭草這稍稍分神，使得她沒留意前方林木後衝出一抹人影。

「鈴蘭草，前面！」

「小心！」

等到鈴蘭草聽見一刻他們急促地大叫已來不及。

綠髮少女猛一回頭，撞進眼內的赫然是一張布滿震驚與愕然的清麗臉孔。從對方的表情和瞠大的雙眸來看，顯然她也完全沒想到前方竟會有第三人出現。

煞車不及的兩人重重地撞在一塊，一時間，驚叫聲和痛呼聲在林中響亮地迴盪著。

「嗚啊，好痛……」目睹全程的柯維安不禁縮縮肩，那撞擊的聲音光聽就讓他牙酸。

「又不是你撞到，你痛屁啊？」一刻放下符芍音，三兩步衝上前，「還不快來看看情況？」

「啊，甜心！你等我一下啊！」柯維安忙不迭跟上。

鈴蘭草一屁股跌坐在地，也幸好林內濕潤，土地被濕氣浸染得鬆軟，否則就得迎來二次傷害了。

「嗷嗚，我的額頭……」可猛烈的衝撞仍令鈴蘭草忍不住淚光閃動。她摀著發紅的前額，覺得眼前好像有多顆金色星星在轉著圈。

「喂，鈴蘭草，妳還好嗎？」一刻蹲下身查看，遞出隨身攜帶的貓咪圖樣手帕，「柯維安，你看看另一人。」

「好的，小白。」柯維安依言來到另一名女孩子身邊。她低著頭，漆黑的長髮遮著臉，看不清面容，只見她蜷縮著身子，肩膀一聳一聳的，像在忍耐著疼痛，「小姐，妳還好嗎？有沒有受傷？不好意思啊，我朋友沒注意到妳……」

「沒……」細若蚊蚋的嗓音從髮下飄了出來，不細聽，很容易被忽略。

「什麼？」柯維安聽不清楚，困惑地俯下身，與那名女孩靠得極近。

同一時間，另一道緊張的叫喊猛地響起，像陣疾雷般落在眾人耳中。

「妳在幹什麼啊！妳想要對松蘿做什麼？還不快點離開她！」

柯維安大驚跳起，想要抗議自己根本什麼也沒做，然而一與聲音主人對上眼──對視的兩雙大眼睛霍地瞪得又圓又大。

「符符符符……」

「小小小小……」

急匆匆趕來的鬈髮女孩手指著柯維安，後者也是相同姿勢。兩人就像受到強烈衝擊，只能不停地重複著同一個字。

「小三小啊？」確認鈴蘭草沒大礙，一刻站起，一掌拍上柯維安的腦袋，也打斷了柯維安和對邊女孩的跳針，「你們倆是沒辦法好好說出對方的名字嗎？」

一刻的這聲大喝，霍然拽回了柯維安和鬈髮女孩的神智。

兩人立即回過神來，不約而同地指著對方高聲大叫：

「小可！」

「符廊香!?」

只不過一人是又驚又喜，一人卻是滿臉驚悚。

而乍聞對方的叫喊，柯維安呆住一瞬，卻被對方視作承認。

將鬈髮紮綁成俏麗馬尾的女孩幾乎反射性擺出了拉弓姿態，嬌俏臉蛋上的驚悚化作勃然大怒，同時碧色光芒出現，轉瞬便凝聚成一把長弓。

三支泛著淡淡碧光的鋒利箭矢架在弓弦上，箭羽被緊緊地捏攢在潔白的手指中。

只要弦線一鬆，碧箭就會破空飛出。

貫穿柯維安毫無防備的身軀。

第七章

娃娃臉男孩被這始料未及的發展懵得腦內一片空白，素來自傲的伶牙俐齒也失了功用。

「蔚可可，妳在發什麼瘋？給老子立正站好！」打破這膠著氣氛的是一刻的怒吼，他鐵青著臉，煞氣橫生的眉眼看起來格外嚇人。

可也正是這氣勢磅礡的吼聲和那凶猛似獸的眼神，讓蔚可可一個激靈，弓箭瞬消。無暇思考，她本能地一個命令一個動作，腰桿挺得特別直，雙手緊貼兩腿側，一如受到教官斥喝的士兵。

「還敢不敢亂來？」一刻陰惻惻地說。

蔚可可大力搖頭。

「冷靜下來了沒有？」一刻挑高眉毛。

蔚可可想也沒想繼續點頭，但頭點了一半倏地停住，改成拚命搖頭。

「啊？」一刻一瞪，凶眉挑得更高。

「不是啊，我是眞的不明白……」蔚可可瑟縮了下，委屈地說，「那個……如果我想得沒錯的話，妳們應該是你們吧……」

「啥鬼？」一刻莫名其妙地看著欲言又止的蔚可可。

「鈴蘭草，麻煩妳一下了。」安萬里突然出聲，「給我們適合說話的空間。」

「喔！沒問題！」鈴蘭草恍然大悟，馬上放下揉著額頭的手，指尖一彈。

頓見另一名黑長髮女孩身下鑽冒出一株鈴蘭，那細細的葉尖飛也似地扎了她光裸的腳踝。

短短數秒，女孩的身子軟綿綿地倒在地上，長髮披散，露出一張清麗秀緻的臉龐。

「松蘿！」蔚可可慌張地想衝上。

「別擔心、別擔心，她只會昏個十分鐘左右，應該夠你們說完話了吧？」鈴蘭草抬起頭，笑著對焦急上前的蔚可可說道。可當她清楚地瞧見蔚可可的外表，那雙碧眸裡驀然燃起熱切的光芒，「……噢！」

誰也沒注意到鈴蘭草眼神的變化。

——事後，一刻不只一次懊惱，自己他媽的怎麼就如此粗心大意，才會讓那種事發生！

「真的嗎？太好了。」蔚可可鬆口氣，朝鈴蘭草露出了感激的笑容，「不好意思啊，是我同學跑太快，才會撞到妳。妳是……」

「我是鈴蘭草，無憂鎮的人。嘿嘿，說妖怪也可以。」鈴蘭草嗅了嗅，露齒一笑，「妳有神使的味道。」

「好厲害！」蔚可可不假思索地讚美道，一雙小動物似的眼睛從眼前綠髮少女的身上移到後邊的安萬里身上，再移到個子高挑得嚇人的褐髮冷艷女孩，最後再轉回另外三人身上。

與符廊香宛如一個模子印出來的可愛女孩。

外表年紀比記憶中要成熟一點，可也沒太大改變的白髮女孩。

還有……

「小芍音！」瞧見那名白髮小女孩的身影，蔚可可心裡頓時更有底氣了，這證實她的猜測沒錯。她開心地張開雙臂，衝著對方敞開懷抱。

符芍音面無表情，但氣勢豪邁地展開一雙瘦小的胳膊，用動作來表示一切。

於是柯維安只能傷心欲絕地看著自家妹妹，以不曾對他展現過的熱情，撲進了別人的懷抱裡。

「啊，好可愛、好可愛！小芍音還是超級可愛啊！」蔚可可用力抱緊懷中香軟的嬌小身子，臉頰直蹭著那張白嫩的小臉蛋。

「不超級。」符芍音平板直述地說，對蔚可可的舉動沒有任何抗拒。

柯維安看了更想哭了。就算他外表在另一層意義上變成女孩子，也沒有從他家小芍音那得到如此好的待遇啊……

一刻將柯維安的哀怨看在眼裡。他想了想，上前拍了拍對方的肩膀，「想開點，這就是人的差距。」

靠喔，他瞬間更想不開了怎麼辦？柯維安整個人都蔫了，看起來好不可憐。

一刻卻不再理那名娃娃臉男孩，他目光銳利一掃。

被掃中的蔚可可險些跳起身，她反射性將懷中的符芍音摟抱得更緊，「幹、幹嘛？宮一刻，妳的眼神好嚇人耶……」

「嚇人？妳剛那舉動，該死地才叫嚇人吧？」一刻雙手抱胸，嚴厲地斥喝道：「妳到底是在搞什麼鬼？」

「咿！」被那懾人的氣勢壓迫，蔚可可寒毛豎起，「我……我是以爲符廊香又出現了啦……小安，對不起，我眞的不是故意的！」

「沒關係、沒關係。」柯維安連忙擺擺手，他這女生版的模樣，自己初看時也想到符廊香，怪不得蔚可可第一眼會誤會……等等。

等等等等等！

柯維安慢一拍才醒悟過來，驚愕地拔高聲音，「小可，妳認得出來是我們？我、小白還有曲九江？」

「她爲啥認不……！」一刻狐疑的詢問猛地卡住。他終於意識到，他們三人現在在別人眼中，可是貨眞價實的女孩子。雖說自己喊出了蔚可可的名字，但他們這一方從頭到尾都沒自報身分。

然而，蔚可可還是認出來了。

「小安和曲九江我是後來才確定的。可是宮一刻，妳很好認啊。」蔚可可放開符芍音，認眞地扳著指頭數，「不管是聲音、外表、頭髮長度，和那時候都沒啥變嘛。既然確認妳是宮一刻了，旁邊還有萬里學長和小芍音，那麼剩下的兩個，就肯定是小安和曲九江了。」

「那時候？哪時候？」一刻有種不祥的預感。

「嘿嘿嘿嘿嘿。」蔚可可發出一陣古怪的竊笑聲。她掏出手機，在螢幕上滑了滑，接著獻寶似地向眾人展示出一張照片。

一刻的臉瞬時黑了。

照片裡，是一名髮長至肩，容貌清秀的白髮少女。

除了臉孔看起來有些稚嫩外，不管怎麼看，都和一刻佩戴「幻視」塑造出來的女性版本如出一轍。

「和白白一樣。」符芍音努力踮著腳尖。

「和現在差不多，普普通通，在我的審美裡勉強是及格邊緣。」曲九江不知何時也湊過來，冷淡地給出評論。

一刻的臉更黑了，他在心裡默唸「不能當著小孩子的面痛毆曲九江那個混蛋」。

「這個！難道說、該不會……」柯維安一掃先前的萎靡，眼睛亮得不得了，手上還緊緊抓著自己的手機，「就是傳說中，小白被妖狐詛咒變成女孩子的那時候!?小可，快快快，快點傳給我！」

「蔚可可，妳要是敢傳就完蛋了！」一刻氣急敗壞地吼道。

「又不是只有我有，小染、阿冉、老哥還有織女大人他們……大家都有嘛。」蔚可可笑嘻嘻地說，一點也不害怕一刻的怒氣，幾個按鍵就把照片分享出去。她可是分得出來白髮男孩究竟是真的動了肝火，或是純粹嘴上不饒人。

「也傳我，我可以給楊百罌看。」曲九江冷不防又出聲。

「曲九江！」一刻的聲音聽起來更接近咬牙切齒了。

蔚可可呆呆地看著那張和楊百罌有幾分相似，但線條更加凌厲的艷麗面孔，近距離地感受到美人帶來的驚人魄力。

「群組有我LINE的帳號，妳可以加我，再傳我。」曲九江展現了少有的耐性，「有其他張的話也可以一併傳。」

「沒有問題！」蔚可可回過神來，笑容滿面地比出ＯＫ的手勢，「我那時拍得可多著呢，晚點就傳給妳和小安。作爲交換，我可以拍妳們三人嗎？這種機會實在太難得了，而且織女大人一定會很開心有新照片的。」

「很抱歉，要讓可可妳失望了。」安萬里溫和地插話，「實際上，小白他們並沒有眞的變成女性，這只是開發部的道具造成的幻覺效果，所以妳才會將他們錯當成女孩子，包括把聽到的聲音當成是女孩子的聲音。妳可以試著替小白照張相，就能明白我說的。」

蔚可可大吃一驚，趕忙對著一刻「卡嚓」拍了一張。

定格在螢幕上的畫面，赫然是再熟悉不過的白髮男孩。

蔚可可目瞪口呆地看著自己手機，再看向一刻三人，來回幾次後，總算理解眼下情況。

「欸……」蔚可可失望地拉長了聲音，「害我以爲可以拉宮一刻和小安一起去泡溫泉了……」

「喂！」一刻沉下臉，不客氣地往蔚可可頭上敲下爆栗，「給老子搞清楚，就算眞變成女的，我們原本可還是男的。男女有別，泡什麼泡！」

「說說而已嘛……」蔚可可抱著頭，可憐兮兮地嚷著，「所以宮一刻你們爲什麼要裝作女孩子來這啊？還和鈴蘭草……啊咧？鈴蘭草呢？」

突然發現那名綠髮少女失去了蹤影，蔚可可吃驚地睜大眼。可還未等她開始尋找，就先看見一刻臉色霍地大變。

「鈴蘭草！不准摸！」

耳中還聽見一刻惱怒的暴喝。

蔚可可還沒反應過來，胸前冷不丁地出現了奇異的觸感，像有一雙手貼靠上。她一駭，急急忙忙低下頭。

然後目擊了自己胸部被人大力一抓揉的景象。

下一剎那，用盡力氣發出的尖叫聲響徹林間。

「呀啊——」

蔚可可抱著胸，驚慌失措地逃到一刻身後，一張俏臉漲得通紅，又氣又急地瞪著那名襲胸凶手。

綠髮碧眸的少女笑得害羞無害，彷彿什麼事也沒做——假使她一雙手沒有做出回味般的抓握動作的話。

「她她她……宮一刻，她……」蔚可可結巴地喊，強烈的羞惱讓她連話也說不完整。

「鈴蘭草她……」一刻還真不知該如何解釋，可一雙眼不忘戾氣四射地厲視著無憂鎮聯絡人。

該死的！一刻暗罵自己大意，居然忘記鈴蘭草曾說過她喜歡活潑開朗、綁著馬尾的女孩子的胸部。

幹！怎麼就沒想到……蔚可可完全符合鈴蘭草的選擇標準！

「難道她和畢宿……」蔚可可戰戰兢兢地從一刻背後探出頭。

「不是。」一刻否認，「畢宿那小鬼是喜歡全世界的女人，鈴蘭草是喜歡……」

「嘿嘿，我喜歡摸有C罩杯以上，像可可妳這種類型的女孩子的胸部喔。」鈴蘭草直言不諱地說，神情仍是靦腆的，著實讓人很難聯想起，她方才做出了足以和性騷擾劃上等號的舉動，「就像有人喜歡綳帶小熊，有人喜歡蒼井索娜，有人喜歡夢夢露。有人喜歡摸胸也是很正常的事，對吧？」

「咦？啊，好像挺有道理……不對，才沒道理！」蔚可可陡然清醒過來地大叫，差點就要傻傻地順勢回答了。她緊張地看著笑容甜美，可雙手動作格外有氣勢的鈴蘭草，絞盡腦汁地想了個折衷方案，「而且妳可以摸……呃，宮一刻的？」

「馬的！蔚可可！」一刻大怒，扭頭狠狠瞪了抓他當擋箭牌的鬈髮女孩。

「嗚啊！我隨口說說、隨口說說，眞的啦……有小朋友在，宮一刻你不能罵髒話啦……」蔚可可立即抱頭鼠竄，躲到了安萬里身側。

「通常我都只會摸個一次而已，可是妳眞的很合我意……拜託？」鈴蘭草雙手合十，眨著滿懷冀望的碧色眸子，模樣顯得純眞可人。

蔚可可頭搖得如波浪鼓般，說什麼都不願意。

「鈴蘭草，太欺負我可愛的學妹，我也會不高興的呢。」安萬里推扶一下鏡架，笑意和眗，可鏡片後的眼瞳已徹底化作一片青碧。

「才不是欺負，明明是誠摯地要求……」鈴蘭草大失所望地咕噥，但也懂得適可而止的道理，何況他們無憂鎭還有求於神使公會，「知道了，我發誓不會再摸可可的胸部了，反正剛剛的手感也足夠我回味好久，嘿嘿嘿嘿嘿。」

「哇！求妳快忘掉啦！也不要笑得那麼猥瑣！」蔚可可滿臉通紅，羞憤交加地叫道：「那種事眞的沒有哪裡值得回……」

蔚可可驀地吞下剩餘字句，注意到昏迷的黑髮女孩似乎有了一些動靜。不是錯覺，那名失去意識的女孩逸出含糊的嚶嚀，顯然再過不久就會悠悠轉醒。

「松蘿？」蔚可可急忙扔開其他事，三步併作兩步地來到同學身旁。

「啊，我想起來了！」柯維安倏然一擊掌，刨挖出腦內的一段記憶，「小可妳曾提過要和社團的人一起出來玩，所以這位就是和妳同社的？」

「對啊，她是我社團的同學，叫作杜松蘿。本來我們今天要離開這的，但不知怎麼回事，松蘿突然一個人就往森林跑，說聽到有人叫她的名字，我擔心她便追了過來……」蔚可可話聲越漸轉小。她有時雖然粗神經，卻也不至於遲鈍到沒發現一刻他們表情變得古怪。

事實上，蔚可可在某些時候敏銳得不可思議，就連她的兄長也不得不爲此吃驚。

蔚可可眨眨眼，像是突然福至心靈，瞬間串連起許多線索。

必須「僞裝」成女性的一刻他們、自稱是無憂鎮本地妖怪的鈴蘭草，還有安萬里和符芍音的出現……

「是公會的任務？萬里學長負責帶隊？」蔚可可藏不住話，她壓低音量，搶在杜松蘿完全回復意識前，連珠炮地問道：「無憂鎮出了問題？跟女孩子有關？莫非是有女孩子在森林失蹤，然後宮一刻你們要當餌，引對方上勾之類的？」

一刻瞠目結舌，「……妳到底是怎麼猜到的？」

這話無疑肯定了蔚可可的推測。她眼神一亮，掩不住得意洋洋，「不是跟你說了嗎？人家是天才美少女呀！」

靠！就知道這丫頭不能誇，一誇尾巴就翹起來。一刻大翻白眼。

「啊，不過我猜不出小芍音爲什麼也來了……」像是霍然想到什麼，蔚可可驚惶地看向一刻他們，「等等等等，她不會也是誘餌吧……」

「不。」否定的是符芍音，她在胸前比了一個「×」，「找哥哥，寫作業，跟來。」

憶起自己收拾行李時居然遺漏了最重要的寒假作業簿，符芍音缺乏情緒波動的小臉上閃過一瞬沮喪。

「忘記帶，大意，傷心。」

蔚可可忍不住滿腔的憐愛之情，想要上前抱抱符芍音，給對方安慰。

就在這時，杜松蘿張開了眼，迷迷糊糊地喊了一聲，「可可……？」

「松蘿，妳還好嗎？」蔚可可趕緊攙扶少女坐起，趁對方沒瞧見，她向一刻等人做出了無聲的口形。

我也要留下來，晚點跟我說來龍去脈。

一刻眉頭皺起，想把蔚可可趕回去。在他看來，既然是出來玩，就好好地跟社團朋友待在一起，沒事蹚什麼渾水。

然而一刻卻找不到時機拒絕，不只因爲杜松蘿察覺到他們的存在，吃驚地瞪大眼，還有在森林不遠處……有其餘人聲逐漸向這接近。

「松蘿！可可！」

「喂，蔚可可！杜松蘿！妳們跑到哪了？還不快點出來！妳們要是再不出來，我也懶得管了！」

「小昊，對女孩子不能那麼沒禮貌，怪不得你這孩子找不到女朋友。」

「閉嘴，吵死人了！誰是小昊啊？信不信我揍人！」

聽在一刻耳中只覺陌生的男聲，一道感覺年長些，另一道就像被點燃了炸藥，話裡全是火氣，毫不客氣地衝著同伴惱怒大吼。

兩人的聲音在無憂森林裡越來越清晰。

一刻不在意他們是否會真的吵起來，只是甩了一記眼神給蔚可可，無聲地詢問：也是你們社的？

蔚可可點點頭，「同社的學長和學長的弟弟……待會就交給我來。」

「交給妳？什麼？可可，妳在說什麼？」杜松蘿對眼下發展一頭霧水，下意識攢緊蔚可可的衣角，緊靠著她，難掩緊張地看著一睜眼便突然映入眼簾的一群陌生人。

但是，蔚可可的態度像是認得這些女孩子。

「可可，這些人究竟是……」

「我晚點一起解釋，我先叫巫學長他們過來喔。」蔚可可安撫著杜松蘿，隨後放聲高喊，「學長、小昊，我們在這裡！我們倆都沒事！」

原先爭執不休的人聲立時一頓，下一秒，便聽見較年長的那人驚喜地高聲回應。

「可可？妳們等一下，我們馬上過去找妳們！」

「沒事別增加別人的麻煩啦，是想要我們找得累死嗎？」年輕的那人則是不滿地抱怨。

但不管哪個，腳下速度都沒停下。急促沉重的腳步聲愈發清晰，用不了多久，兩道身影急匆匆地從樹叢後闖進了一刻等人的視野內。

一人看起來與一刻他們差不多年紀，二十歲出頭，英俊的臉孔帶點輕浮之氣，卻不使人反感，身上穿了件色彩過度扎眼的花襯衫，堪稱是森林中最搶眼的一道「風景」了。

個頭稍矮的那人似乎才只是高中生，五官仍青稚未褪，一雙眼角飛揚的眼睛有股凌人的銳利，緊繃的嘴角流露出一抹少年獨有的倔強勁。

這兩人顯然也沒預料到會在這看到另一群陌生男女，一時皆露出驚愕之色，半晌都沒回過神。

「學長、小昊，他們是我的朋友，也是來無憂鎮玩的，剛好在森林裡碰上，超巧的呢。」蔚可可揚起歉意的笑，雙手合十，吐吐舌，「所以我就不跟你們去搭車了，嘿嘿，我要和他們留在鎮上多玩幾天。」

「什麼？可可妳要留下？那、那我也要跟著妳留下！」杜松蘿大吃一驚，反射性緊抓蔚可可的手不放，彷彿極度依賴她。

穿著花襯衫的年輕人如同失神般呆站在原地，沒做出任何回應。

「搞什麼鬼？妳要留下是不會早點說嗎？」脾氣較衝的少年一聽到蔚可可的話，一張臉又陰沉了幾分，「省得我和堂哥還要追過來，也省得其他人還在車站等著妳們過去，簡直就是浪費大家的時間嘛！」

少年的話又嗆又不客氣，聽得一刻眉頭狠狠擰起。

就算一刻沒說出來，但蔚可可對他而言有如妹妹般的存在。

自家妹妹被人劈頭蓋臉地一頓責罵……開什麼玩笑！那死小鬼又是哪根蔥？一刻冷著臉，正欲上前一步，一抹身影比他快地閃出來，擋在他前方。

「啊，等等、等等，有話好好說嘛。」柯維安端著開朗的笑臉，大眼睛瞇得彎彎的，俐落地搶過了發話權，「小可她也不是故意的，她只是想把人找回來，才跑進森林裡，才會湊巧遇上我們的。」

「對……對不起……」杜松蘿臉色微白，知道最開始是自己惹出了麻煩。她低垂著眼，小小聲地道歉，像是怕與同社團的人對上眼，也像是畏懼面對來自少年的怒氣，「但是，我、我聽到有人叫我過來，我才……」

少年的表情更不好看了，「有人喊妳就跟著走嗎？又不是三歲小鬼，妳以爲這裡是什麼地方？無憂森林裡到處都是霧，隨便亂走只有迷路的份。要不是妳們兩個腿短，跑不遠，我看就等著在裡邊遇難吧！」

柯維安暗地咂舌。少年年紀輕輕，嘴巴還眞是刻薄不饒人，感覺還挺像身邊的某人……

「室友B，你看屁，眼睛想被挖出來嗎？」像能凍著人的冷冰冰聲音飄了出來。

柯維安縮了下肩頭，以最快速度收回偷覷曲九江的目光。

「哼！」少年似乎還嫌不夠解氣。他雙手環胸，全身上下露骨地表達他的不滿，「就知道妳們女人麻煩又愛惹事出來……尤其是杜松蘿，妳除了畏畏縮縮，還會幹嘛？」

「喂！」蔚可可俏臉垮下，第一個跳出來爲朋友抱不平，「巫小昊，你不要太過分。就算松蘿的確不該一個人闖入可能會遇上危險的地方，但她都已經道歉了，更何況她也不是故意的，你幹嘛一直揪著這點不放？」

「不准叫我巫小昊！」少年就像是不喜自己的名字，惡狠狠地瞪向蔚可可，轉向她開砲，「妳也是，傻傻地追著人過去，腦子沒帶嗎？行爲有哪點像個大學生了，蠢死了！」

「最蠢的是你這張不懂節制的嘴巴！」

勃然大怒的厲喝霎時悍然砸下，同時一隻大掌猝不及防地拽住了少年的衣領，收緊的力道令他頸上感到一陣壓迫。

巫小昊瞪大眼，看見一名身高超過他一個頭的白髮女孩神情狠戾、目光森冷，明明是一張清秀的臉蛋，卻透出一抹駭人的猙獰。

猶如要撕咬上獵物喉管的可怖野獸。

巫小昊瞬間屏住呼吸，無法控制的寒意從腳底板直竄上腦門。

柯維安看著自己已伸出、但仍來不及攔住一刻的手，再看看被當場震懾住的巫小昊。想了想，他果斷放下手，反正也不是眞的那麼想阻止。

「那人，壞。」符芍音冷著小臉，嚴厲地說，「欺負姊姊。」

符芍音的音量不是特別響亮，但也足以讓眾人聽見。

當面被個小女孩這麼指責，巫小昊登時掛不住面子，惱羞成怒地硬著脖子罵回去。

「有種妳再……！」

猛地加重的力道掐斷了巫小昊的句子。

少年臉上終於露出驚恐，不敢置信地發現自己的腳尖已離地，整個人被白髮女孩單手提拎了起來。

「妳、妳敢！」巫小昊試圖掙扎，害怕像條毒蛇般爬過他後背，爲他帶來了悚懼。可在瞧見白髮女孩面孔的同時，另一股截然相反的怒氣亦是猛地炸開。

巫小昊甚至說不上來是怎麼回事，唯一確定的就是他莫名感到火大，想要把這怒氣通通撒在對方身上。

「妳這該死的醜八怪！」巫小昊口不擇言地罵道：「怪力女！妳要是敢再對我動手，信不信我……」

一刻用行動證明，他敢。

柯維安就像是收到某種無形的訊號，眼疾手快地摀上符芍音雙耳。

下瞬間，響起了雷霆般的暴吼。

「信你老木啊信！」一刻五指猝然收緊，眼底是冰冷凶暴的焰火。「我操你的！你他媽的對一個小孩子凶什麼凶？又對兩個女孩子凶屁啊？這種無聊的行爲，最多只能證明你是個沒卵蛋的小鬼！」

巫小旲無意識地踢蹬著腳、張著嘴，卻覺得自己難以呼吸。他臉色變得越來越蒼白，就在感覺肺部像是要因爲缺氧而爆炸之際，脖子上的壓迫感驟然消失。

他萬分狼狽地跌坐在地，摀著脖子，不住大力地咳嗽。

「唔啊……」蔚可可早忘記先前的氣惱，目瞪口呆地看著眼前的畫面。雖說不是第一次見到一刻發飆，但現在映入她眼中的，可是貨眞價實的女孩版本的宮一刻啊。

暴怒的白髮女孩單手抓起一名少年，接著再扔下，這實在是太有衝擊性和魄力了。

專心看著前方的蔚可可絲毫沒注意到，杜松蘿不再緊抓著她的衣角不放，一雙眼睛就像挪不開地緊緊黏在一刻身上，秀緻的面容同時飛上不易察覺的紅。

巫小旲咳得正難受，一雙腳忽地走到他的面前。

「噢，安萬里要威脅人家小朋友啦。」一直默不作聲的鈴蘭草再也憋不住笑，小小聲地和柯維安說著悄悄話。

柯維安決定爲巫小旲點一根哀悼的蠟燭。

巫小旲反射性地繃緊了身子，不知道這個在自己身前蹲下的溫雅男子究竟想做什麼。

「小朋友不要太過分比較好呢。」安萬里笑得親和，眼睛跟著微眯，像是關切小輩般地拍拍巫小旲的頭，「知道嗎？」

在安萬里抽手站起的瞬間，巫小昊聽見那道溫和的嗓音像縷輕煙般拂過他的耳畔。那是只有他才能聽到的音量。

「要不然會付出可怕的代價哪，你也不想要把自己的嘴巴賠上吧？」

巫小昊僵著背，一動也不能動，冷汗浸透了他的衣服。在那名黑髮男子站起時，他分明清楚看到，對方鏡片後的眼珠毫無笑意。

與剛剛白髮女孩有若熔岩般的憤怒截然不同，但一樣令人由衷感到一股顫慄。

巫小昊這次真的不敢再不管自己的嘴巴了，他蒼白著臉，嘶聲地喊，「哥、堂哥……巫念君！」

最後一聲怒不可遏的大吼，終於拽回花襯衫男子不知神遊到何處的意識。

「哎？叫我幹嘛？」巫念君乍地回過神，一臉莫名其妙地看向自家堂弟。這一看，笑聲頓地噴出，「哈哈哈，小昊你這是做什麼？該不會是看到那麼多漂亮的女生，撐不住，腳軟了吧？」

巫小昊臉上青白交錯。如果眼神能殺死人，巫念君大概要被戳得滿身是洞了。

無視堂弟眼中像要噴出火，巫念君抓抓頭髮，飛快環視一圈。他太清楚自家堂弟的脾氣，所以就算方才他大半時間都是出神狀態，也還是很快就猜出眼下的情形。

「抱歉、抱歉，我不小心看美女們看呆了，能有機會看見這麼多美麗的小姐，在這森林裡多跑個幾趟也是值得的呢。」巫念君一張口就是成串的讚美。本來以爲女孩子都愛聽人誇獎，尤其是愛聽帥哥誇獎，可沒想到據說是學妹朋友的幾個人，不是臭著臉就是視若無睹。

巫念君不禁噎了下。照慣例，這不該是無往不利的開場白嗎？怎麼這些漂亮女生的反應不太一樣……

納悶歸納悶，巫念君仍是露出大大的笑容，主動朝離自己最近的一刻伸出手，想表示友善。

另一隻手快了一步伸出，與他握了握。

「初次見面，你好。」安萬里微微一笑，「聽說你是可可社團的學長。不好意思，剛剛我們這的小朋友也有些衝動，還希望不要見怪。」

「呃……哪裡、哪裡。」巫念君只用短短的三秒表現友善，便飛也似地抽回手。他對男人的手可半點興趣也沒有，雖然那幾個女孩的手看起來也挺大的，但人家是美女啊，「主要還是小臭的態度不對……不過，這其實是因爲他以前有過一段可憐的初戀，導致他性格有點扭曲，對女孩子都不太友善。」

「巫念君！誰性格扭曲啊！」巫小臭氣急敗壞地嚷。

「居然有辦法對這些漂亮女生發火，你這不叫性格扭曲叫什麼？」巫念君絲毫不給堂弟面子，痛心疾首地說道：「我知道初戀總沒有好結果，尤其你的在一天內就結束了，心靈創傷大到都不記得對方長得是圓是扁。但是，這不代表你就能對這些大姊姊那麼沒有禮貌。」

「你你你你閉嘴！」巫小昊氣勢凌人的面孔上瞬間覆上一片赤色，就連話也說得結巴。顯然巫念君說的不僅僅是事實，還戳到了他的痛腳。

巫小昊捏緊拳頭，尤其在發現蔚可可等人的視線帶點同情意味地落在自己身上時，更是羞憤得全身微顫，似乎隨時都可能跳起身，暴打自家堂哥一頓。

「一天就結束的初戀，想想的確有點可憐……」柯維安摸摸下巴，忽地接收到來自安萬里的視線。

只見安萬里向他微抬下巴，就像是個無聲的催促。

柯維安只能哀怨地再走出去。他們副會長的意思很簡單，就是要他負責再做點交際，然後他們就可以帶隊走人了。

「咳咳咳，總之誤會解決就好。」柯維安咳了咳，拉過所有人的注意力，「巫同學，你們社團的其他人不是還在車站等你們嗎？還是趕快過去比較好吧。我們這也要回旅館去了，小可會跟著我們一起行動，免得再晚一點，這裡就更分不清方向了。」

「對對對。」蔚可可用力點頭，「學長，我和他們一起走就好，你趕緊帶著松蘿和小昊回車站吧。」

巫小昊繃著臉，巴不得能快點與這群人分開，特別是其中的白髮女孩，他也不知道爲什麼一見她就有火氣。

平心而論，那女孩其實有一張不錯的臉蛋，但性子卻像吃了炸藥般嚇人。還有，居然可以把他整個人拎離地面……那什麼力氣？她是吃什麼長大的啊！

「哎，我們可以一起走回鎮上，反正也不急了。」巫念君像是全然沒察覺堂弟的心思，笑容滿面地說道：「其實在來這的路上，我就先打過電話，要其他社員車來的話就先上去，用不著留下等我們。我們可以搭下一班走，所以真的完全不趕時間。」

*他這是什麼意思？*一刻向柯維安投以不解的眼神。

這熟悉的感覺、熟悉的語調……柯維安若有所思地支著下巴，心想自己曾在哪見識過。

巫念君又說道：「相逢就是有緣，你們是學妹的朋友，也算是我的朋友了。可可，不對我們介紹一下嗎？」

蔚可可茫然地回望著巫念君，像是沒想到會突然變成這樣的發展。

「由我來介紹吧。」鈴蘭草舉起手，碧綠眸子閃過一抹瞭然和透徹，「我是鈴蘭草，然後從左到右是小白、小安、小九、小芍音還有安萬里。」

小、小九!?蔚可可吃驚地看著被按上可愛別稱的曲九江。後者面無表情，看也不看巫念君他們，彷如連投過來一分注意力都不屑。

「妳們好、妳們好。」一得到想要的名字，巫念君笑得更開心了，「我是巫念君，可可的社團學長。那邊也是漂亮美女的是杜松蘿，是我們社的一員。至於那個是巫小昊，我的堂弟，西華附中的學生，這次是跟著我們一起出來玩的。既然都自我介紹完了，接下來不如去一起喝個茶、聊個天怎樣？」

「咦？」這是蔚可可。

「……啥？」這是一刻。

「才不要！」巫小昊想也不想地大叫。

「好呀好呀！」杜松蘿雙眼亮起，忙不迭點頭。

「啊！」柯維安則是豁然開朗地一擊掌，總算明白心裡那抹熟悉感是怎麼回事。這與他搭訕小天使時的行爲模式……根本差不多啊！

換句話說，巫念君這是想要搭訕他們這邊的……柯維安思緒一卡，猛然想起他們這一方只有鈴蘭草、蔚可可和符芍音才是徹頭徹尾的眞正女性。

靠喔，所以那個巫念君是想搭訕……誰？

不等柯維安再細思，穿著搶眼花襯衫的男子已一個箭步地邁至他與一刻面前。

「順便打聽一下兩位美女有男朋友了嗎？沒有的話，考慮考慮我怎樣？」巫念君一邊說，一邊就想熱情洋溢地握住他們兩人的各一隻手。

「不不不！我們沒有男朋友，但我們有女朋友了！」柯維安以最快速度抱住一刻，一來是阻止對方一拳揍向巫念君；二來是變相地拒絕了對方的靠近。

一刻張口結舌，低頭望著緊抱自己不放的娃娃臉男孩。

「欸？」巫念君亦是呆住。

「說太快說錯了。」柯維安臉不紅、氣不喘地再說道：「我和小白其實是一對，我們只喜歡女孩子，所以你完全不用想了。謝謝，不用聯絡。」

「啊……喔……」巫念君就像被震驚到有點發懵，愣愣地轉開視線，看向曲九江，「那這位美女……」

然而巫念君的視線還未正式對上曲九江的眼，一道修長的身影就先隔絕了他的注視。

「我是那位的護花使者，有什麼事嗎？」安萬里斯文地笑著。

明明是教人感到舒坦的和煦笑容，但巫念君卻覺得眼前這名比他高，氣質……雖不想承認，但的確也比他好的男人，有如在警告自己別妄想打他女朋友的主意。

「原來是有主了啊……哈哈，沒事，什麼事也沒有……」巫念君擠出乾巴巴的笑，極力維持臉上的表情。

「活該！」巫小昊立刻抓緊機會，大肆嘲笑。

「沒事的話，我們就先離開了。」安萬里客氣但不容他人置喙地說，「小九，不要離我太遠哪。」

柯維安、一刻還有蔚可可發誓，他們在那瞬間看見了曲九江眼中掠過殺氣，手背也乍現緋紅，又霍地隱沒。

「我總覺得副會長玩得很開心……」柯維安與一刻竊竊私語。

「你管那麼多，給老子下去！」一刻沒好氣地翻了白眼，一把撕下黏著自己不放的柯維安，「操，你掰那什麼鬼藉口？」

「情勢所逼嘛，甜心。」柯維安的音量壓得低低的，確保不會被巫念君聽見，不然營造出的假象就要前功盡棄，「假使不讓那人死心，他肯定會死纏爛打……還是說你比較想換成曲九江或狐狸眼的？」

一刻剛一想像立時打了個寒顫，當即果斷地掐死自己的想像力。但思及居然得跟柯維安裝成女女朋友，他不禁痛苦地呻吟一聲。

「馬的，爲毛就沒有誰也不選的選項啊……」

「宮一刻，加油，挺住！」蔚可可湊過來，圓亮的大眼睛怎麼看都在閃爍著看熱鬧的光芒，「我不會向小染和百罌打小報告的。」

「挺住。」符芍音也握著小拳頭，正經八百地說。

一刻臉色鐵青，再也不想理這群人了。

「啊，等等！可可，別走太快……」見一刻他們準備要離開，杜松蘿慌張地往前跑。

巫小昊踢了還呆傻著的堂哥一腳，要他別在原地當雕像，「你就別肖想了，把目標放在那個綠頭髮的身上吧，你看中的那幾個全死會了。」

「我不喜歡短頭髮的，長得太甜的我也沒有很喜歡……」巫念君喃喃地說。忽地像是猛然領悟到什麼，瞬時從失魂落魄變得生龍活虎。他激動地喊了一聲，彷彿爲自己打氣，「沒錯，我怎麼忘了，死會還可以活標啊！而且只是交往，又不是眞的結婚了！」

「什……」巫小昊啞然。

巫念君也不管自家堂弟了，馬上鍥而不捨地追上前方的隊伍。

巫小昊看著原先與自己同行的人，一個兩個都像被無形的力量拉到前面去，他啐了一口，最後心不甘、情不願地踏出腳步，不想換自己淪爲脫隊的倒楣鬼。

無憂森林的霧氣仍舊靜靜流轉、擴散，像是在目送著人離去，等待著人再度歸來……

第八章

無憂鎮雖說是座觀光城市，可也是個山中小鎮。群山環圍，以及終年不散的淡淡煙氣繚繞，使得這裡天色暗得特別快，給人一種白日格外短暫的錯覺。

等到鈴蘭草領著一刻等人抵達安排好的旅館時，也已是黃昏時刻，山頭處更是被深暗吞沒了泰半。

鈴蘭草瞄了瞄天空，便要一刻他們打消接下來查探環境的計畫。

即使他們懷疑無憂森林中可能有什麼問題，才會讓杜松蘿像受到引誘般地靠近，更甚者，之前的失蹤者說不定也是碰到相同境遇。然而山上天幕暗下的速度，絕對超乎他們的想像，外地人在夜晚闖入煙霧瀰漫的無憂森林，那真不是鬧著玩的。

一刻他們自也明白本地人建議的重要性，更何況，現在比起調查，有個更麻煩的問題在等著他們處理。

「美女，要不要我們帶妳們去哪逛逛啊？我們早妳們幾天過來，對這比較熟，可以告訴妳們哪邊有好吃好玩的。」巫念君嬉皮笑臉地圍著一刻、曲九江和柯維安打轉，注意力特別集中在前兩人身上，絲毫不將那或是不耐煩，或是輕蔑冷酷的眼神當一回事。

對巫念君來說，美女冷冰冰看人的樣子也別有一番風味。

一刻陰沉著臉，手指捏得卡卡作響，青筋不只從手背迸到了臂上，還在額角突突跳動。要不是礙於巫念君還頂著「蔚可可學長」的頭銜，一刻早就將對方痛揍得哭爹喊娘了，這人他媽的有完沒完。

「小白，吸氣、吐氣……公眾場合用暴力是不好的，想想我們在哪。」柯維安緊抱住一刻的一隻胳膊，拚命勸阻，「還有室友C，忍耐，求求你忍耐了，好歹那是小可的學長！」

「那又怎樣？」曲九江扯出無溫的冷笑。

柯維安都能看見曲九江的眼珠有銀星似的光芒閃動，伴隨著的還有蠢蠢欲動的殺機。

他忍不住想仰天長嘆，饒是他也沒想到巫念君竟然會死纏爛打到這種地步。不只一路跟了過來，還堅持帶著他的堂弟一起住進這間旅館，要在無憂鎮多待幾天。

本來鈴蘭草可以要旅館的人把他們「請」出去的，畢竟這裡可是隸屬妖委會的名下，偏偏杜松蘿也固執地要跟著蔚可可，說什麼都不願單獨回去。

那名相貌秀緻的黑髮女孩，給人的印象是帶著幾分畏縮，可那股纏勁驚人地高，甚至還紅了眼眶，委屈地用眼神控訴著蔚可可「見色忘友」。

蔚可可左右為難，只能下意識向一刻發出求救訊號。

幫忙解圍的人是安萬里，他笑咪咪地一口氣同意了巫念君和杜松蘿的要求。

面對一行人訝異不解的目光，神使公會的副會長只意味深長地說了句，「她是線索。」

一刻他們霎時理解了。

杜松蘿曾說自己聽見有人在喊她，才會像受到吸引般往森林跑去。從她身上，或許能得到其他有助於調查失蹤案的情報。

於是當杜松蘿、安萬里隨著鈴蘭草去櫃台辦理入住手續時，把錢包丟給杜松蘿，要她幫自己也辦一下的巫念君便趁機纏了上來，不死心地對一刻他們一再發出邀約，完全沒留意到自己其實身處危險之中。

巫小昊從頭到尾就臭著張臉，壓根不想理會自己那個丟臉的堂哥。

「哪哪，不然交換一下LINE的帳號怎麼樣？」巫念君渾然嗅不出身邊氣氛越來越險惡，自顧自地說，「小安、小白、小九，告訴我妳們的帳號嘛。美女太矜持就容易變高傲了唷，只不過是交個朋友啊。」

柯維安摀上臉，不敢再看向剎那間被人踩中地雷的曲九江。

「小九」這個稱呼，如果是他們自己人在喊，曲九江勉強還會看在任務，更多成分是一刻的面子上，不當場發難；一旦換作不相干的閒雜人等，嗚火之炎只怕就要不留情地招呼過去了。

就在巫念君全然不察自己已處生死關頭之際，一道清脆的女聲忍無可忍地拔起，打斷了他纏人的搭訕。

「巫學長！」那聲音還散發著騰騰的怒焰。

巫念君一愣，回頭望向不再與白髮小女孩玩、大步走至自己跟前，還一臉氣呼呼的社團學妹，不明白自己做錯了什麼。

「學長，你真的要適可而止了，你這樣已經對我的朋友們造成困擾！」蔚可可雙手扠腰，杏眸圓睜，眉毛揚得高高的，「而且他們……他們也都有女朋友或男朋友了，你要是再繼續騷擾下去，我真的會不客氣喔！」

「但是，我只是想跟她們交個朋友啊……」巫念君像是被蔚可可的氣勢壓下，弱弱地說。平時甜美可愛的學妹一不假以辭色，真的是有點嚇人，「我沒惡意……」

「就算沒有惡意，小安他們不願意，你就不能勉強他們。」

「但、但是，女孩子不是都會覺得很感動嗎？知道有人喜歡自己、想追自己……」話剛說出口，巫念君就感到後悔了，因爲他第一次目睹蔚可可露出凌厲到接近凶悍的表情。

就算他仍不清楚自己的話哪邊出了問題，可毫無疑問，錯一定在自己身上。

下一秒，巫念君就感到肩胛爆發出一股劇烈疼痛，他的骨頭簡直像要被人捏碎一樣。

巫念君煞白了臉，額角冒汗。他痛苦地嘶著氣，奮力扭過頭，想看清楚這股駭人力道的主人是誰。

只是他萬萬沒想到，撞入眼內的，竟然是自己剛才賣力搭訕的白髮女孩。

巫念君驚懼地瞪大眼，實在難以想像這個清秀的女孩會有這麼大的力量，即便對方確實與自己差不多高，但這彷彿能徒手把他的肩膀卸下的勁道……

猝然間，一幕畫面跳出巫念君的腦海。

他想起來了，之前在他看蔚可可的朋友們看得呆掉時，好像有瞄見巫小昊被人單手提離地面。他當時沒想那麼多，現在才終於意識到，那個白髮女孩原來有著怪力！

巫念君面無血色，冷汗越冒越多。不單因爲左肩傳來的痛楚，還有緊接而來從右邊傳出的疼痛。

「太自以爲是的蠢話，還是不要說出來丟人現眼比較好喔。」

巫念君眼角覷見一張討喜的娃娃臉，淡色的雀斑替那張面龐增添俏皮和稚氣。只不過，他此時再也無暇欣賞了，生理性淚水快從他的眼眶飆出來。

巫念君不敢相信，個子比他矮、體格也瘦弱許多的可愛女孩，竟一樣擁有如此可怕的手勁。

被劇痛和震驚分散注意力的巫念君，自不會注意到，柯維安的劉海下隱隱閃耀著金紋。

柯維安動用的是神使的力量。

「被莫名其妙、純粹就是個陌生傢伙的人死纏爛打，或是突然衝出來說喜歡自己，一般人哪可能感動嘛。」柯維安笑嘻嘻地說，外表展現出來的依然是溫馴無害，可手上力道卻截然相反，「正常人的反應只會是想退避三舍吧。不管你怎麼想，這位學長……」

「你他×的再不知分寸，當心老子踢爆你的卵蛋！」一刻語氣嚴厲到近乎嚴酷地說。

巫念君不懂一個女孩子為什麼要自稱「老子」，但他更多的心思都放在他幾乎要被捏爆的肩膀上。

就在巫念君以為自己真聽見骨頭發出悲鳴的剎那，肩上兩股力道驟然消散。他腿一軟，顧不得儀態，當場虛脫般地一屁股跌坐在地。整個人冷汗涔涔，宛如剛從水裡撈上來一樣。

這時，巫念君瞧見符芍音走至自己眼前。

像尊精緻雪娃娃的白髮小女孩面無表情，眉峰處不明顯地擰起。她直勾勾地看著人，簡潔有力地吐出兩個字。

「差勁。」

明明是稚嫩軟軟的嗓音，此刻卻如同千斤墜，重重砸上巫念君的心頭。

他登時恨不得地上有個洞能讓自己鑽進去，羞愧心不住往上湧冒。

至此，巫念君懷抱的粉紅色泡泡碎裂得一顆也不剩了，再也生不起任何旖旎心思。

先不說連小朋友都出聲指責了，他企圖想搭訕上的女孩子也太恐怖，要是一不小心，自己可能真的會被「卡嚓」掉。

就算還有最漂亮的褐髮女孩沒動手，可光從對方超出自己一截的身高來看，巫念君便不由自主一陣手腳發軟，他絕對不想再以身試險了……

「對……對不起，我不會再那麼沒禮貌的……」這名穿著花襯衫的大學生哆嗦地站起身，寧可站到自己嘴巴惡毒的堂弟旁，也不敢再和一刻他們靠太近。他抹去汗水，咬牙切齒地小聲罵向巫小昊：「臭小鬼，居然對自己的堂哥見死不救！」

「你這叫自作自受。誰教你在森林裡時也不幫我，活該有報應。」巫小昊幸災樂禍，毫不同情平時就輕浮過頭的堂哥，不過這並不代表他沒注意到異狀，「哥，你不覺得那三個女人……真的有點不對勁嗎？再怎麼說，我們也是……但她們的力氣還比我們大，她們真的是女人嗎？」

「巫小昊，你眼睛有問題嗎？」巫念君眼神寫滿鄙夷，「她們有胸！」

「靠！巫念君你活該被人宰了算了！我沒在開玩笑，我是說真的，你覺得她們像是人……」巫小昊的竊竊私語還來不及說完，就先聽聞一道溫和的男聲慢悠悠傳入。

「怎麼了？我們的小朋友有做什麼不禮貌的事嗎？」處理完事務的安萬里偕同鈴蘭草和杜松蘿走了過來，仍是一慣親切的微笑。

然而巫念君和巫小昊卻本能地感到背後一涼，腳步反射性向後退。

「巫學長，你是不是又和可可開無聊的玩笑了？」杜松蘿心細，立刻察覺到蔚可可神色有異。她三兩步跑上前，挽著對方手臂，秀緻的臉蛋隱現不滿，可又不敢明顯表露。

「不是，我沒事的。」蔚可可急忙整整神色，露出開朗的笑顏。

「但、但是……還是說學長你是對小白她們沒禮貌？」杜松蘿轉過頭，小心翼翼地覷視著一刻等人，藏在髮下的耳根不自覺發紅。

「什……沒有！絕對沒有，我再也不敢對她們沒禮貌了，我發誓！」巫念君有如腳底被燙到般地跳起，驚慌失措地猛力直搖手，彷彿杜松蘿提到的人名對他而言是什麼嚇人的毒蛇猛獸。

安萬里與鈴蘭草又豈會沒發現到那個「再也」。

恐怕巫念君是真的做了什麼，然後受到一頓狠狠的教訓了吧。

安萬里面上含笑，也不說破。最起碼不用再擔心巫念君對自家學弟們窮追不捨了，他也可以暫時放下「護花使者」的責任。

有趣是有趣，但他可不希望真的惹來一身鳴火哪。

果然如同鈴蘭草稍早前提醒的，無憂鎮天色暗得很快。

一刻一行人各自進到房裡，放好行李後不久，便見到窗外已被一片深黝的黑藍色覆蓋。受到淡如薄紗的霧氣纏繚，沐浴在夜色中的山景也帶上了一抹迷離朦朧。

自是不用說，這時倘若眞有人踏入無憂森林，定是不到半刻就會分不出東西南北，活生生被困在那座天然迷宮裡了。

安萬里不忘囑咐一刻他們，絕對不要爲了想早點找到線索，冒失地使自己陷入危險。

「太過躁進容易誤事。」安萬里諄諄告誡著，「還有過度的好奇心也是。好奇不是壞事，但如果被傻傻引誘到一座飄滿霧氣的森林，那可就會壞了許多事。」

全員解散回房前，安萬里在走廊上不厭其煩地如此說道：「有問題就要聯絡其他人，不要一個人逞強。」

好奇心最重的柯維安和容易一個人逞強的一刻摸摸鼻子，覺得膝蓋插了好粗的一支箭。

偏偏在安萬里有如三月春風的笑容前，他們倆是大氣也不敢吭一聲，那抹笑容散發出來的濃濃黑氣太可怕了。

就算一刻與柯維安回到房間好一陣子了，似乎仍能感受到那縷未消的餘威。

「媽啊，不愧是狐狸眼的……我發誓我都能看見他身後有黑氣在飄了。」柯維安把自己扔上柔軟的床鋪，非要得到另一人的回應，「甜心，你有聽到我說的嗎？」

「幹！別煩我上廁所啦！」一刻沒好氣的吼聲從浴室傳出。

柯維安心滿意足地閉上嘴巴，不再干擾他家室友解決人生大事。

柯維安在床上滾了一圈又一圈、再一圈，腦內也沒閒下。

鈴蘭草替他們安排好一切後又匆匆離開了，說是要與今日亦由外地趕回來的其他妖委會成員，計畫一下明天的行動，好設法在不驚擾鎮民的情況下，提供援助調查的人手。並交代一刻他們有任何問題再和她聯絡，這一晚就好好養足精神，或是到鎮上走走逛逛也好，就是別跑進無憂森林裡。

還有，不要忘記「僞裝」出美少女的形象。

想到這裡，柯維安不禁慶幸起還好自己在森林時先下手爲強，抓著一刻宣稱他們是一對了，否則今晚的房間分配就要輪到他和安萬里同一間。

只要一想起安萬里溫雅的笑臉，再想起對方曾嫌他睡相太差，乾脆心黑手狠地把他關進衣櫃裡，柯維安反射性打了個哆嗦，說什麼也不願意再重溫那些可怕的經歷。

柯維安與一刻同房，安萬里和曲九江同房；蔚可可、符芍音，以及堅持留下的杜松蘿，則是三人同一間。

雖說經過大廳內的一番教訓，巫念君收斂了不少輕浮的言行，可還是眼巴巴地瞅著一刻等人不放，似乎無法全然斷絕追求的心思。

一旦被對方發現他們兩對情侶的關係是假的，只怕會換來他鍥而不捨的追求。

柯維安突然覺得有點心生同情，倘若巫念君知道他一心以爲的「美少女」，實際上是三個大男人，臉色不知會變得有多精彩，估計還會留下心理陰影。

不過，讓三名女孩同房倒是有著好處。

杜松蘿給人的印象有些內向，有身爲同學的蔚可可和令人忍不住想疼愛的符芍音在場，她應該會更加願意傾吐出自己下午所遇上的怪事。

她曾說，她聽見有人叫她。這和那幾名妖怪女孩失蹤前碰上的情況如出一轍。

如果能從杜松蘿那獲知更多細節，也許能爲他們的調查帶來突破性的進展。

「你又在想什麼亂七八糟的？」一刻的聲音驀地從上方落下。

柯維安睜開眼，見到白髮男孩面露狐疑地站在床邊，居高臨下地俯望著他。

「在想杜松蘿的事。」柯維安俐落爬起，殷勤地拍拍身旁位置，「小白來來來，我們來好好地促膝長談。」

「不要。」一刻冷酷地給出了拒絕的答案，「杜松蘿怎麼了？」

「嚶，甜心你無情無義……」柯維安傷心地捧著心口，有若受到莫大打擊。

「你他媽的才無理取鬧。」一刻翻了大白眼，「所以杜松蘿是怎麼了？」

「喔，我是在想，她究竟是聽見誰喊她？」柯維安也不再故作委屈，老老實實地回答，「是男人的聲音？女人的聲音？是在無憂鎮哪個地方聽見的？小可顯然沒聽到。也就是說，聲音只有限定對象聽得見嗎？還有……」

「停。」一刻被一連串問句繞得頭暈，忍不住抬手打斷，「與其現在問這麼多，你等蔚可可那邊問出結果了，再來煩惱吧。」

「這麼說也對。」柯維安也知道自己有絲心急，他總是忍耐不了過多的疑問堆積在心頭，好奇心會撓得他心癢難耐。他吐出一口氣，張開雙臂再倒回床上，擺出奇怪的姿勢。

「照外表看，杜松蘿的確符合年輕漂亮、及肩長髮這幾個條件，除了不是妖怪。但也不能排除那個綁架犯終於不侷限種族的可能性……怎麼了？小白，換你在想什麼？」

「沒什麼……我不確定是不是我想太多了。」一刻若有所思地說，眉毛微皺，眉間浮現淺淺的折紋，「總覺得……那個杜松蘿從出了森林後，就一直有意無意地往我們這看？」

「哎呀，那還用說嗎？當然是看小白你帥！」柯維安斬釘截鐵地說道。

「最好是啦，聽你放屁！」一刻才不相信。他抓起椅上的一個靠墊，把準備坐起身的柯維安又打了回去。

不理會在床上一動也不動裝死的娃娃臉男孩，一刻逕自走到窗前，探頭向外看。

路燈不知不覺已一盞盞亮起，水銀色的光輝被環繚的霧氣暈散得有些朦朧，乍看下，就像是在霧裡搖曳的發光水波。

鈴蘭草安排眾人入住的旅館遠離鎮中心，位置稍嫌偏僻，因此外邊幾乎不見其他遊客走逛，格外幽靜，但卻足以將無憂森林一眼納入。

一刻微眯起眼，望著被夜色和霧氣隱匿大半輪廓的森林，不確定是不是他的錯覺，總覺得鎮上的霧……好像變得更多了。

「小芍音，窗戶不要打太開，也別把頭探太出去喔。」瞧見符芍音踮起腳尖，努力打量窗外環境，蔚可可不放心地叮嚀道。

符芍音趴在窗緣，一隻手朝後方比了一個ＯＫ的手勢。

知道那名白髮小女孩有聽進去，蔚可可放下心來，繼續將注意力轉回社團同學身上。

杜松蘿正在講述她下午為何會突然脫隊往無憂森林跑去。

「我也說不上那是怎樣的感覺……」杜松蘿吞吞吐吐地說，眼睫低垂，目光盯著自己放在膝蓋上的手，「那時候，大家不是要去買紀念品，再到車站搭車的嗎？我因為沒特別想買的，就一個人待在店外……然後就是可可妳出來陪我……」

「因為我買完了嘛。店裡人那麼多，還不如到外面呼吸新鮮空氣。」蔚可可笑嘻嘻地說，一起幫忙回憶，「我記得，再來是松蘿妳說想到附近再看看。」

「嗯，想說要離開了，多看一下也好……」杜松蘿抬起頭，露出一抹侷促的微笑，秀緻的眉宇隨後覆上一抹緊張，「但、但是，我沒想到會忽然聽到有人在叫我。是個年輕女人的聲音，我知道我這麼說一定很奇怪……」

似乎回想起巫小昊對她的說辭嗤之以鼻這件事，杜松蘿不自覺絞緊了手指，可映入她眼中的，是蔚可可眞誠關懷的笑臉。

鬈髮女孩一點也不認為她在胡言亂語。

杜松蘿意識到這點，頓時就像獲得了再說下去的勇氣，「那聲音在叫我過去，趕快到她那……我那時候好像受到了一股神祕力量的催促，滿腦子只想照對方說的，快點到無憂森林。這中間我一直覺得迷迷糊糊，也不曉得可可妳在後面追我……」

「我眞的嚇了一大跳，松蘿妳那時候跑超快的，我差點就追不上。」蔚可可對當時情況記憶猶新。

她可是暗中動用了神使的力量，照理說，應該能很快攔下杜松蘿，卻沒想到對方速度超乎常人，導致她最多只能確保不跟丟而已。

幸好杜松蘿之後撞到了鈴蘭草和一刻他們。

憶起自己居然誤將柯維安當作符廊香，蔚可可忍不住就想狠狠打自己一下。她實在太冒失了，如果傷害到重要的朋友，她說什麼也沒辦法原諒自己。

不過……沒想到還能再見到宮一刻的女性版模樣啊。雖說是開發部道具製造出的幻覺，可是眞令人懷念。嘿嘿，回去後可以炫耀給老哥聽了！

「可可？」發覺到蔚可可的表情忽地出現多種變化，又是懊惱又是微笑的，杜松蘿暫時停下敘述，朝對方投予了困惑混著擔心的眼神。

「沒事、沒事。」蔚可可忙不迭地擺擺手，「我只是在思考……那聲音的來源到底會是什麼？引誘妳過去的目的又是什麼？」

「可可，妳完全……不懷疑我說的嗎？」杜松蘿的注意力又回到原來話題上。想到蔚可可至今未曾提出質疑，她不禁流露幾分躊躇，就怕對方是基於同學的關係才附和自己。畢竟從自己嘴巴說出來的事，在一般人眼裡太過匪夷所思了。

「當然啊，爲什麼不相信？」蔚可可揚起活力充沛的笑，回答得毫不猶豫，「這世界上總是有很多不可思議的事嘛！」

蔚可可的笑容向來很有感染力，瞬間讓杜松蘿跟著放鬆了無意識緊繃的身子。

「相信。」平板稚氣的童聲倏地響起。

杜松蘿這才發現原先趴在窗前的白髮小女孩，不知何時也靠過來她們身邊。

「不可思議。」符芍音又說。

「小芍音是說她也相信世上有很多不可思議的事，對吧？」瞄見杜松蘿茫然的表情，蔚可可笑嘻嘻地幫忙解釋。

「嗯。」被蔚可可摟抱住的符芍音鄭重地點頭。

「小芍音，妳看完外面的風景了嗎？有看到什麼特別的？」蔚可可摟著那具小巧隱泛奶香的身軀，蹭蹭對方柔軟的臉頰。

「霧，變濃。」符芍音也不掙扎，乖乖地任人蹭。

「霧啊……」蔚可可忍不住也望向窗外，關上的花紋玻璃窗模糊了外頭的景象。但照符芍音的說法，想必鎮上的霧氣已變得比今日他們所見的濃厚許多。

蔚可可想了想，向杜松蘿嚴正叮囑，「松蘿，妳可千萬別再靠近無憂森林，待會也不要獨自到外面逛喔。如果要出去哪，可以找我們陪妳，免得遇上什麼危險。」

「可是……」杜松蘿小小聲地說，手指不自覺揪著衣角，「我覺得那聲音不像壞人……她叫我去森林，會、會不會是她寂寞，想找個人陪陪她？因爲妳看，也從來沒聽說在無憂森林中有人出什麼意外的，所以那聲音的主人，會不會其實沒惡……！」

猛然意識到自己幫一個未知存在做了過多辯解，杜松蘿慌張地嚥下最末一個音節，望向蔚可可的視線略帶不安。

「那個……這只是我自己的猜測……」

「唔嗯，的確也是有這種可能性呢。」出乎杜松蘿的意料，蔚可可仍是態度認眞地看待這件事，「我去跟小安他們討論看看好了。」

「咦？」杜松蘿迷茫地眨下眼。

「嘿嘿，小安他們在大學裡有組一個社團喔，就叫作不可思議社，專門研究各種不可思議的事。」蔚可可眉飛色舞地介紹起來，「他們很厲害也很可靠，交給他們沒問題的。對吧，小芍音？」

「沒問題。」符芍音比出兩隻大拇指，小臉蛋依然沒什麼表情，卻能從中感受到一股自豪勁，「哥……姊姊厲害。」

杜松蘿看起來完全沒發現到符芍音的一時口誤。見一大一小皆信心十足，她不好意思地低聲說，「那……那就拜託妳的朋友們了。」

「收到。」蔚可可笑容滿面，擺了個敬禮的標準姿勢。她是說做就做的性子，立刻就放開符芍音，站了起來，「小芍音，我們去找妳……姊姊。」

蔚可可差點也要說出「哥哥」兩字。她慶幸自己及時吞了回去，不忘偷偷觀察杜松蘿的反應，後者仍像是沒注意到她話語中稍嫌不自然的停頓。

蔚可可鬆口氣，然而正當她要牽著符芍音的手離開房間時，杜松蘿霍地喊住了她。

蔚可可的一顆心又提得高高，可一回頭，看見的卻是杜松蘿神情靦腆，白皙的面頰不知爲何飄上淡淡的紅。

「可可，我可以再拜託妳一件事嗎？那個啊……我想和妳那位朋友，她叫小白對不對？就是那位白頭髮的女生……」杜松蘿停頓了好一會，才像鼓起莫大的勇氣又說道：「我想向她當面道謝……無憂森林的時候，是她幫我說話。可是，我又不知道該怎麼找她出來，所以能不能拜託妳……幫我約她出來？」

杜松蘿說了個時間點，隨後話聲變得細若蚊蚋，就像覺得自己提出了強人所難的要求，「如、如果不方便的話，也沒關係。」

「可以啊，我會跟他說的。」蔚可可爽快地一口應下，她知道自己這個同學在多人面前是容易退縮的性子，「放心好了，宮……小白他對女生都很體貼的，松蘿妳到時候只要說出妳想說的就好。」

聞言，杜松蘿如同受到鼓舞般褪去緊張，綻露出開心羞澀的笑靨。她雙頰酡紅，一雙黑眸亮得驚人，像星子似地閃耀著光芒。

如果不是知道自己的同學只是想向人道個謝，蔚可可想，她大概都要誤認杜松蘿其實是戀愛了。

第九章

「她們喜歡我、她們不喜歡我……她們喜歡我、她們不喜歡我……」穿著花襯衫的男子倚在窗邊，側臉看起來透露著幾分憂鬱，目光投向遠方。

倘若沒有聽清男子口中的碎語，其他人見了，也許會以爲他是在思考什麼人生哲理般的嚴肅問題。

與巫念君同房的巫小昊自是聽得一清二楚。應該說，對方根本就沒有半點壓低音量的意思。

終於，巫小昊感到自己耐心告罄。他隨手抄起離自己最近的物品，不客氣地就往自家堂哥身上猛力砸去。

巫念君的悲春傷秋模式瞬間轉成了嗷嗷慘叫。

「巫小昊！你是想謀殺你哥嗎！」巫念君抱著自己遭到襲擊的膝蓋直跳，不敢相信對方竟然拿礦泉水瓶——當然是裝滿水的那種——丟過來，「痛痛痛，靠杯痛……現在青春期小朋友的脾氣也太差了吧？」

「總比思春期好太多。」巫小昊反脣相譏，口頭上他向來不輸人，「你是夠了沒？神經病才在那邊算著路燈下的飛蛾，然後自問自答的。更不用說那三個女人擺明都對你沒興趣，還是說你也想要被人單手拎離地面看看？」

巫小昊本來是想諷刺自家堂哥的，只不過話一出口，臉色先難看起來，再度想起無憂森林中那段令人惱火的回憶，覺得自己的面子都被那個白頭髮的小白給削光光。

「可惡……」巫小昊重重彈了下舌頭，「那個白髮的，眞令人火大。」

「喂喂，小昊，你幹嘛對人家小白敵意那麼重？」巫念君抱著膝蓋，跳回自己床邊。他發現這似乎不是自己的錯覺，他的小堂弟對女孩子都不太友善，可是面對那名白髮女生就更誇張了，簡直把對方當敵人，一提到就像吃了炸藥。

「我就是看她不爽、不順眼，不行嗎？」巫小昊臭著一張臉，雙手抱胸，宛如小孩在生悶氣，「反正看到她就火大。」

「嘖嘖，你這種態度太要不得，還很容易惹女生討厭。」巫念君語重心長，試著開導對方，「你這樣以後眞的會交不到女朋友。唉，果然是你的初戀對你造成的創傷太……喂！」

「你再提那件事，我下次就扔檯燈過去。」巫小昊看著慌亂閃過第二瓶礦泉水的巫念君，陰惻惻地威脅道，稱得上俊俏的面容閃過戾氣。

「不提就不提……」怕眼前少年再凶性大發，巫念君悻悻然地舉起雙手，做出投降狀。

其實他也只知道堂弟有過一段無疾而終的超短暫初戀，一天內便宣告破滅。聽說那天還是哭哭啼啼跑回去的，接著似乎因爲打擊太大，將對方相貌忘得一乾二淨。

因此巫念君完全不曉得，那位不明人士長得是圓是扁。

但看巫小昊這種過度的反應……該不會，那名白髮女孩與他的初戀對象滿像的，才使他本能產生了敵視之心？

當然，這個猜測他只敢放在心裡，要是眞說出來，他百分之兩百相信，巫小昊絕對會在瞬間像火藥筒般炸開。

「但不管怎麼樣，明天再見到她們，你好歹要客氣點。萬一她們之中的某人，之後眞的有可能成爲我的女朋友、你未來的堂嫂呢？」

「你作白日夢比較快吧。」巫小昊絲毫不給面子地嘲笑，「你眞的忘記你今天的下場了嗎？」

「那是我態度錯誤的問題，我已經嚴正反省過了。我應該要展現我紳士的風範才對，可可今天的話也提醒我了。」巫念君信心滿滿地說，「你等著看吧，我明天一定會成功要到她們的LINE。」

巫小昊沒出聲再潑冷水，只是給了自家堂哥憐憫的眼神，便自顧自地往門口移動。

「小昊，你要去哪？」

「到外面晃晃。」

「記得別跑進森林啊，你哥方向感不好，怕救不了你。」

「白痴，你當我是杜松蘿那個蠢女人嗎？」巫小昊冷哼一聲，「砰」的一聲關上門。

只是甫踏出房間，他眉頭就狠狠地擰了起來。

鋪著厚實地毯的走廊上，竟飄晃著幾抹稀薄的白色氣體。

巫小昊第一時間以爲是哪裡起火冒煙，可隨即意會到，這「煙」不但沒半點焦味，也沒聽見煙霧警報器被觸動的聲音。

看起來，這更像霧。

但這些霧又是從哪裡跑進來的？這裡可是旅館內……

隨著巫小昊狐疑地東張西望，他很快獲得了解答。

走廊底端的一扇對外窗，赫然是敞開的。顯然霧氣就是從那裡尋得入口，肆無忌憚地鑽了進來。

「呿，誰那麼粗心，連窗也不關。萬一突然變天、下大雨了怎麼辦？」巫小昊一邊不滿地抱怨，一邊走近那扇窗子。

當他下意識探頭往窗外一看，不禁驚訝於外頭霧氣瀰漫的程度，比他們下午所見的還要濃厚許多，如同稀釋的牛奶潑灑在整座城鎮上。

「這種情況，鬼才會想跑進那座森林……」巫小昊皺著眉，關起大敞的窗戶。

下一剎那，他險些被烙印在窗上的人影嚇得心跳停了一拍。

由於玻璃上有許多浮雕花紋，因此只能看出模糊的外貌輪廓。

巫小昊猝地轉過身，一雙眼睛先是瞠大，隨後浮現了惱怒和暴躁之色。

「搞什麼啊！是故意想……！」隨著少年的表情轉為驚駭，那斥罵的語句也在走廊間硬生生斷成兩截……

□

蔚可可與不可思議社成員開討論會議的地點，就在一刻他們的房間裡。

柯維安甚至還在門板上貼了一張「不可思議社．無憂森林事件調查本部」的紙。

對此，身為房間另一主人的一刻，只給了一枚冷漠的白眼，還是隨便柯維安了，總比對方貼「小天使萬萬歲」這玩意要好得多。

本來就是提供給兩人使用的雙人房，一下子塞進了六人之後，登時顯得特別擁擠。

好在一刻和柯維安不是介意自己床鋪被人佔去的性子，一夥人或坐床上或坐椅上，或乾脆盤腿坐在地板上，聽蔚可可仔細講述她從杜松蘿口中打聽到的消息。

當然，也沒忘記補充上杜松蘿看待此事的觀點。

「怕寂寞，想要人陪嗎？」安萬里指尖輕敲著座位旁的小圓桌桌面，「我倒是眞沒想過這一層呢。」

「也不是不能考慮到這可能性……」柯維安摸著下巴，把問題扔給一刻，「親愛的，你怎麼看？」

「還能怎麼看？誰管那個綁架犯是不是寂寞啊，最好這樣就能把行爲合理化。」一刻沒好氣地說道：「還有別叫我親愛的。」

「嗯，其實我也是這樣覺得。」蔚可可抱著符芍音，認眞地回應。

她在高中和大一時分別遇過跟蹤狂和綁架犯，兩者都有著扭曲的價値觀。認爲自己既然付出了，另一方就該理所當然地加倍回報他們的感情，無法接受任何拒絕。

那兩次經歷讓蔚可可吃了不少苦頭，這也造成她現在對類似騷擾的舉動特別敏感，才會在旅館大廳對巫念君做出嚴厲的指責。

「但是，如果眞的想找人陪……這幾天內，那個聲音應該還會有動作吧？」蔚可可歪著腦袋問道：「因爲松蘿明天就會回去了，那個聲音就得再找新目標。宮一刻，你們之前不是有提到受害者的共通點嗎？」

「長髮及肩、年輕漂亮，外表是大學生的年紀。」一刻省略了關於胸部大小這點，在女孩子面前說這個，他又不是腦袋少根筋，「還有種族是妖怪……不過我猜人類也可以了，妳同學不就是……」

一刻忽地止住話，他注意到鬈髮女孩的眸子閃爍起躍躍欲試的光采，還眨巴地望著他。這讓一刻頓時心生警覺，「蔚可可，妳是想幹嘛……靠！妳該不會是想當餌？」

「宮一刻你眞厲害！」蔚可可眉開眼笑。她挺起胸膛，豎起一根根手指，「頭髮長度我差不多嘛，也是活跳跳的大學生一枚，更不用說還是美少女。你們看，條件我都符合啦。」

「符合你……」憶及符芍音在場，一刻硬生生憋住了最後兩字，最好他有可能答應這種事，「蔚可可，妳要是敢……」

「抱歉呢，學妹，我也不會答應。」溫和的男聲橫入。

安萬里依舊露出沉穩的笑意，可笑裡有著不容辯駁的強硬，「讓女孩子身陷危險，先不說有違我的風格，讓紅綃知道的話，恐怕開發部以後都不會再支援我們了。況且，既然小白他們都戴上了『幻視』，不好好使用不是太可惜了？」

「……我合理懷疑，狐狸眼的重點是最後一個。」柯維安苦著臉，和一刻咬著耳朵，「甜心你看，這人的心多黑，超級黑。」

「看屁啊，學長在看你倒是眞的。」一刻無情推開那張硬要和他湊到零距離的娃娃臉。

柯維安一驚，立刻擺出「我很乖、我很無辜」的臉。

「欸？可是萬里學長……」蔚可可試圖爭取，她希望自己能盡上一份心力。

這時候，一隻小手無預警舉得高高。

「我。」符芍音言簡意賅地開口，雪白的手臂努力彰顯存在感地繼續舉著。

幾個人頓地一愣。

就在柯維安回過神，大驚失色地準備衝向符芍音，說什麼都不准她以身涉險之際，房裡響起一聲冷笑。

基本上不參與討論的曲九江，扯出嘲弄的嘴角弧度，狹長眼眸傲慢地俯望符芍音，「憑妳這手短腳也短的矮不隆咚樣？對方肯定還不屑將妳視作目標。」

「現在短。」符芍音的紅眼睛裡似乎可以覷見一抹不服氣，「以後長，基因好。」

「小芍音啊，還是別再說這些會打擊哥哥的話了……」柯維安終於坐不住地直奔對方，痛心疾首地握住那雙凝雪般的小手，「我的夢想就是看妳永遠保持……嗚啊啊！噗呃！」

「別理他。」一刻拍拍雙手，看也不看前一秒被他拽住衣領、粗暴往後扔，現在正像隻被踩扁的青蛙趴在地上的同房室友，「符芍音妳就乖乖和蔚可可待在一塊。至於誘餌……」

「讓小白上就行。」曲九江事不關己地說道。

「對，我……三小啊！你是覺得老子哪一點符合了？」一刻惡狠狠地向發話的曲九江射出眼刀。

然而除了一刻以外的所有人，卻像是瞬間恍然大悟，不約而同地「啊」了一聲。

就連柯維安也奮力撐起頭，「啊！」

「你們是在『啊』個什麼鬼？」一刻黑了臉，這種你懂我懂，就只有他自己不懂的感覺，莫名令人火大。

「不是啊，小白。」柯維安乾脆匍匐前進，縮短他與眾人的距離，「因爲戴了『幻視』，我都忘記你在別人眼裡是女孩子。」

「小白學弟的……氣勢太強。所以就算眼睛看你是女性，可心裡還是下意識將你當成男的。」安萬里婉轉地將「凶暴之氣」改成另一種說法。

「加一、加一。」蔚可可大力點著頭。

「加二。」符芍音也煞有其事地比出了食指和中指。

曲九江則是紆尊降貴般地微抬下巴，要一刻轉頭看看後方的液晶電視。

一刻先是衝著曲九江比出用拇指往脖子一抹的手勢，再帶著一身戾氣地扭過頭，隨後被撞入眼內的影像噎住那股惱怒。

黝黑的螢幕成爲另類的鏡子，讓一刻清晰看見上頭有個白髮女孩，正露出和他同樣的瞠目表情。

那是一刻戴了「幻視」後，所呈現出的虛擬女性模樣。

長髮及肩，有；大學生的年紀，有；貌美……雖不及蔚可可的嬌俏甜美，可也是中上之姿，再加上鈴蘭草曾強調過的胸部大小……

操！一刻摀著臉，在內心咒罵一聲，總算後知後覺地領悟到，自己的女性外貌確實各方面都符合誘餌的條件。

「不用擔心的，小白，我會好好跟著你、保護你的。」柯維安拍拍胸脯，豪爽地說道：「一定好好盡到身爲女朋友……咿！等、等等，打人別再打臉啊！」

瞧見一刻凶狠瞪來，柯維安反射性雙手交叉擋在臉前，就怕自己一張帥臉成了豬頭。

「我謝謝你喔！」一刻語氣聽起來就像咬牙切齒，「最好是你會保護我，不要到時非得老子扛著跑就好。」

「欸嘿嘿嘿嘿。」柯維安撓著臉傻笑，也不否認。

一刻連白眼都不想翻了。他粗魯地耙耙頭髮，對於當誘餌一事也不扭捏，反正又不是要他眞的轉性別變成女的，「我知道了，上就上，要配合幹啥再跟我說……我去外邊呼吸一下新鮮空氣，一會就回來。」

「啊！等一下，宮一刻！」蔚可可瞄見即將接近杜松蘿央求約見的時間，連忙喊住對方，「你能不能先到一樓大廳一趟？」

「啊？我就是要去外面，當然會到一樓大廳。」

「不是啦，我的意思是……松蘿有話想跟你說，她會在那邊等你，你下樓後應該就會見到了。她個性比較內向，才會要我轉達。」

「我跟她是有什麼好說的？」

「哎呀，你真的是阿呆耶。松蘿是想向你道謝啦，就是下午在森林裡的事，反正你不要不理人就走過去啦，拜託？」說到最後，蔚可可眼巴巴地瞅著一刻，小動物似的大眼睛含著冀求。

「是是是，我會聽她說完的，行了吧？」一刻素來拿蔚可可這眼神沒轍，況且只是聽人講幾句話，也不會少了一塊肉，「有要我順便買啥回來嗎？」

「我不用，冰箱裡也有喝的。甜心，這給你邊走邊吃。」柯維安從包包裡翻出一把糖，塞到一刻手裡，「就用這些糖來代替人家陪伴在你身邊。啊，還是你比較喜歡真人……」

「我選糖。」一刻快速俐落地截住了柯維安的話尾，沒有絲毫猶豫，「而且你是當我要去哪？我就只是到外面走走……確定真的沒有要我買東西回來？」

眾人一致搖頭後，一刻也就不帶上手機和錢包了，打算晃個十幾分鐘就回來。

關於明日要怎麼讓「餌」發揮效果，有頭腦派的安萬里和柯維安在，一刻一點都不覺得有擔心的必要。

按照蔚可可的交代，一刻來到一樓大廳，只不過令人意外地，大廳裡竟然空無一人。

沒有杜松蘿的身影，也不見櫃台人員。後者也許是暫時離開去忙其他的事，但是，杜松蘿呢？

一刻確定自己是準時到達，可偌大的廳堂裡怎樣都沒發現那名黑髮女孩。

一刻眉頭微皺，但還是耐著性子在原地等待。

華麗壁鐘上的秒針安靜快速地滑轉過一圈又一圈。

三分鐘過去了，五分鐘過去了。

一刻眉頭皺得更緊。他知道蔚可可不可能會故意說謊騙他，既然如此，究竟是杜松蘿因爲某事耽擱了，還是說……

等等，她應該不可能又一個人跑出去了吧？

一刻驀然思及這可能性，臉色不禁大變。

蔚可可和符芍音到他們房間了，只剩杜松蘿一人。倘若這時她又聽到那個聲音的話……

幹恁娘！是他們大意沒想到這層！一刻想也不想地一個箭步往旅館外衝，想到外邊探看個究竟，卻和另一抹正巧疾奔入內的人影重重撞在一塊。

一刻還能及時穩住身勢，雖然猛烈的撞擊讓他的臉扭曲了一瞬，但另一人就沒那麼好運了。

人影狼狽地跌坐在地，門前的燈光照射在她身上，登時讓她的面貌一覽無遺。

赫然就是沒照約定時間出現在大廳的杜松蘿。

馬的，這人還眞的獨自跑到旅館外了？一刻陰沉著臉，可還沒質問對方是在搞什麼鬼，杜松蘿簡直就像溺水者見到浮木般亮了雙眼。

黑髮女孩急切慌張地抓住一刻的手，總是細弱的聲音使勁擠了出來，「小、小白！巫學長的弟弟不對勁……我本來在等妳，卻看到他忽然面無表情地下樓，一個人往外走……」

杜松蘿喘著氣，臉龐蒼白，語句有些支離破碎，但仍極力拼湊出事情的原貌。

「我擔心他，喊了他好幾聲……可是、可是，他就像聽不見我的聲音，我只好追了出去，想拉他回來……」

一刻花了好幾秒才想起「巫學長的弟弟」是指誰——那個管不住自己嘴巴的小鬼，巫小昊！

「他人呢？他現在在哪？」一刻一聽到這狀況就知道事情有古怪，那少年感覺像是受到不明力量的驅使。

而說到這股力量的主人最有可能是誰，一刻反射性只想到那造成多起失蹤案的綁架犯。

靠杯啊！目標從女的換成男的了嗎？

「他……他往那走！」杜松蘿心慌地比了個方向。

一刻一看，髒話險些脫口爆出。

縱使街上被白薄紗般的霧氣層層繚繞，模糊了遠方景象，一刻還認得出來，巫小昊走的那條路，盡頭處唯有一座無憂森林。

「他走了多久？走很遠嗎？回答我！」一刻嚴厲喝道。

「不……不遠……」杜松蘿宛如受到驚嚇般瑟縮著身子，黑眸裡噙著淡淡的水霧，「所以我才想趕緊回來找人幫忙，我……」

「去找蔚可可，去跟我的朋友們說發生了什麼事，我去追！」一刻當機立斷做出決定。

「咦？可是、可是……」杜松蘿一時反應不過來，眼神流露無措。

一刻卻沒再多理會呆立在旅館門口的黑髮女孩，不假思索地一頭衝進漫天像稀釋牛奶的白霧裡。

從杜松蘿的隻字片語可大略判斷巫小昊的速度不快。如果趕得及，就能在他進入無憂森林前阻止他。一刻心裡轉過多種考量，最後歸納出一個結論，要是那小鬼真聽不進人話……

直接暴力鎮壓，扛回來！

一刻腳下速度欲再提快，卻忽地捕捉到後方有聲音逐漸接近。

那是凌亂的奔跑聲。

「等我……小白，等等我！」

還有杜松蘿上氣不接下氣的叫喊聲。

我操！一刻不敢置信地急煞、扭過頭，臉色鐵青。

「妳該死地跟上來做什麼！」一刻破口大罵，「我不是叫妳去找蔚可可嗎？」

「我擔心……我擔心……」杜松蘿臉色蒼白如紙，眼眶微紅，似乎被一刻的怒氣震懾住，「我、我有請櫃台的人幫我傳話，而且我隱約又聽到聲音了……」

「什……」一刻愕然，火氣暫時被按壓下去。

「不像上次那麼強烈，所、所以……我想說要是巫小昊進入森林，或許我幫得上忙……」杜松蘿結結巴巴地說。

一刻重重彈下舌，電光石火間做出了決斷。這裡離旅館有一段距離了，放杜松蘿一人回去，說不定途中換她出事；巫小昊那邊也不能擱著不管，時間分秒必爭。

「跟緊，別把自己搞丟！」一刻只扔出這句話。

杜松蘿大喜過望，立即跟著再邁出步伐，緊追著一刻，奔向那宛如迎面撲上的大量霧氣之中。

第十章

當「一下」變成了半小時以上，待在房間裡的柯維安等人不免開始覺得不對勁。

「真奇怪，小白出去得好像有點久……」柯維安抱著自己的筆電，瞄著螢幕右下角顯示的時間。

他們一夥人都擬定好明天要怎麼放出誘餌了，但最重要角色的白髮男孩卻尚未歸來。

「確實有點奇怪耶。」就連在場認識一刻最久的蔚可可也深有同感。她捧著從冰箱取出的飲料，納悶地轉轉眼珠，「宮一刻一向說一是一，他說很快回來就應該會很快回來的……難道是碰上什麼突發事件嗎？」

「例如妳那位連話都沒辦法自己說的同學嗎？」曲九江冷言冷語地刺來一句。

「松蘿只是不好意思在那麼多人面前找宮一刻說話，她從以前個性就比較……」蔚可可想也不想地便替同學辯駁，但話說了一半，俏臉突然流露出幾分迷茫。

蔚可可總覺得自己應該能說出個明確的時間點，例如從大學的時候，從進入社團的時候，然而腦海中這部分卻是空空蕩蕩。

她想不出自己口中的「以前」，究竟是從何時開始。

「姊姊？」符芍音輕輕推了下蔚可可的手。

「沒事。」蔚可可強迫自己暫且壓下這份疑惑，回到原話題上，「松蘿說她只是想向宮一刻道謝，不太可能花太多時間的，不然我下樓看看……啊！」

蔚可可這下起身動作太大，又忘了手上還拿著飲料，頓時一小灘液體濺灑出來，在她衣服上留下不規則的深色痕跡。

蔚可可呆愣幾秒，接著才慌慌張張地直奔浴室，嘩啦嘩啦的水聲旋即響起，夾雜著她的哇哇大叫。

「討厭！怎麼偏偏是弄到這件？千萬別洗不掉，這是以前和小語一起買的姊妹衣啊……小安，要不要你們直接打宮一刻的手機，問他人在哪裡？」

「唔，顯然沒辦法。」回答的人是安萬里，他的視野內正好納入了那支專屬一刻的粉紅色手機，「小白沒帶出去呢。」

「不然用我的手機打給松蘿吧。」蔚可可還在浴室和污漬奮鬥，她並不介意自己的通訊錄被朋友翻找，「我通訊錄裡的人有點多，搜尋『松蘿』會比較快。」

安萬里看向柯維安，柯維安看向符芍音。

符芍音沒有看向曲九江。

白髮小女孩似乎是理解到兩名男性不好意思翻看女孩子手機的奇妙心理，正氣凜然地點點頭，拍拍胸口表示她來。

但很快地，那顆低下的白色小腦袋抬了起來，左右晃動了下。

「沒有？」柯維安猜測道。

「嗯。」符芍音像是覺得一字太少，又多補充幾個字，還將音量放大，足以讓浴室內的蔚可可聽見，「沒找到。」

「哎？」蔚可可訝異地探出頭，衣服下襬被她搓得濕漉漉的，還滴著水，「我沒輸進去嗎？不然小芍音妳幫我打開LINE，找一個叫『西華都是花』的群組，那是我們社團的。」

「找到了。」

「那妳再幫我在群裡問一下，誰有松蘿的手機號碼？問到了就直接打過去吧。」

「好。」符芍音慎重地開始執行任務，只見她在手機螢幕上按了一會兒。

不到半晌，那雙鮮紅色大眼睛倏地睜大。

「呃！」甚至還罕見地發出錯愕的音節。

「怎麼了？怎麼了？」柯維安好奇心竄得高高的，連忙湊過去看，「難道是沒人在上面……！」

看著遞至自己眼前的手機，柯維安剎那間沒了聲音，一張娃娃臉被駭然佔領。

安萬里眼神一沉。即使從符芍音的面無表情難以判斷情況，可是柯維安的神情變化，卻是貨眞切切地呈現了事情的嚴重性。

「怎樣，有問到嗎？啊，還是問巫學長，他那邊應該也有。」蔚可可看起來放棄與污漬繼續搏鬥了，她一走出浴室，就嗅到氣氛不對，特別是柯維安還蒼白著臉。

蔚可可心裡一跳，不祥的預感湧升，「到底怎麼了？發生了什麼事？」

「小可……」柯維安乾巴巴地說，「妳社團的同學在問……松蘿是誰？」

蔚可可腦袋出現瞬間空白，她發懵地看著眾人。

杜松蘿是誰？

杜松蘿是她的社團同學啊。

可是，現在面前的娃娃臉男孩卻告訴自己，和她同社團的其他人不曉得杜松蘿這個人。

「怎……怎麼可能!?」震驚終於化成具體，從蔚可可喉嚨裡衝出，「松蘿明明就是我們社的啊，我和她還是從……」

蔚可可驀地像被抽走發聲能力，她張闔幾次嘴巴，奈何就是無法流暢說出最末幾個字。

蔚可可驚悚地瞪圓眼，包括方才那一次，她發現自己竟然想不起具體的時間點。她和杜松蘿是什麼時候認識的？杜松蘿是什麼時候進入社團的？通通被一片迷霧籠著，遍尋不到答案。

柯維安幾人皆心思敏銳，一眼就看出蔚可可身上肯定同樣發生問題。

——絕對和杜松蘿有關。

「維安，再問問群裡的人，有參加社遊的那些，問他們這幾天不也是和杜松蘿在無憂鎮玩？抱歉學妹，借妳的手機。」安萬里向蔚可可投予歉意的一眼。

蔚可可反射性地搖搖頭，表示沒關係。

柯維安二話不說地在群組裡再次提問。他打字速度飛快，不像符芍音是一個按鍵一個按鍵地慢慢戳點，幾下手指飛舞，就從社團群組裡得到了回覆。

看清那發來的截圖，柯維安頓覺一顆心直直往下沉，連帶地寒意也滲入了四肢百骸。

蔚可可社團同學貼上的是他們社遊人員名單，上頭一串名字列下來，有蔚可可、有巫念君，就連巫小昊也是被人用「副社堂弟．小昊」作備註。

可是，獨獨沒有杜松蘿這個名字。

同樣瞧見截圖內容的蔚可可倒抽一口冷氣，難以置信地搖搖頭，「但是，我不明白……因爲在無憂鎮時，沒人覺得哪裡奇怪，大家都認爲松蘿是我們社的社員啊……沒道理大家都……」

「山神祭。」一道低沉嗓音冷不防地說。

所有人立刻看向曲九江。

「你是說……就像當初的楊老爺子那樣嗎？」柯維安反應快，同爲一起經歷那次事件的人，立時領悟到曲九江為什麼會突然丟出這三個字。

「不對。」安萬里卻緊接著否決了這個猜想，「楊青硯當時是被瘴異操控，才會忘記九江學弟的存在。可可他們碰上的情形不一樣，他們更像是集體受到暗示，再被人趁機鑽了空隙，才會將杜松蘿誤當為社團的一分子。」

「可這也太奇怪了啊！沒道理小可和她的同學們在無憂鎮將杜松蘿當成一夥的，離開了便不記得對方，搞得無憂鎮好像自帶什麼暗示催眠功能……！」柯維安霍地沒了聲音，在這瞬間像是有道閃電劈下，貫穿了他的背脊，無數被他分到記憶角落的畫面翻揚飛起。

鈴蘭草清脆的嗓音一併流洩，言猶在耳。

「有喔，這裡的霧會讓妖怪對妖氣的感受變弱，除了像我們這種鼻子特別好的。另外，它還會讓部分妖怪和人類忘記一點點無傷大雅的小小小事……」

例如鈴蘭草忘記怎麼走出無憂森林。

又例如——

蔚可可他們忘記了杜松蘿不是他們的同學。

「靠靠靠！這是哪門子的小小小事啊！」柯維安氣急敗壞地喊道，嗓門不受控制地拔得老高，「是霧！杜松蘿絕對是利用了霧的效果趁虛而入！所以才能冒充是小可他們的同學，更別說還能相處得自然，這就表示她暗中觀察了一段時間，否則不會知道大家的名字和關係……可我想不通她的意圖，她冒充這身分要幹嘛？」

與其說柯維安是在向其他人徵詢答案，倒不如說他更像在自問自答。

娃娃臉男孩揪著自己的頭髮，在房裡急促地繞起圈，彷彿這樣做就能使自己的思路走出死胡同。

「杜松蘿還說聽見了有人在喊她，她才會像受到引誘地往森林跑。既然她身分都是假的，那她說的一切可能也都是假的了。」

「可是，她那時候看起來眞的很不對勁，不管我怎麼喊都沒反應，所以我才追著她進森林。如果她說的是假的，那爲什麼還要往森林裡跑……萬里學長？」蔚可可瞧見安萬里臉色驟然轉得嚴峻，眼神似鋒利的刀刃。

「……是我大意了。」安萬里收緊擱在扶手上的手指，「最開始因爲是杜松蘿說聽見聲音，加上她的外貌符合先前受害人的條件，所以我們才會將注意力都放在她身上，忽略了一個最大的盲點。可可，那時候是不是只有妳和她獨處？」

「咦？對啊……」蔚可可傻愣愣地說，還是不懂安萬里發現了什麼。

「可可，妳還記得嗎？妳剛才不也說過，妳自己符合了受害者的條件。」安萬里猶如抽絲剝繭般，說出一個被人忽視的眞相，「既然如此，那個時候在無憂森林裡，差點要成爲受害者的人……眞的是杜松蘿嗎？」

蔚可可這下徹底呆住了，無意識地屏住呼吸。在這之前，她壓根沒想到這層。

「也、也就是說……萬里學長，你是說……」蔚可可腦袋亂哄哄的，就連話也說得結結巴巴。

「恐怕，她想要的就是引妳進森林之中。」安萬里一字一字地說，「最糟的是，她可能就是我們在找的那個綁架犯。」

「白白。」符芍音倏然插話。

簡單的兩個字，卻如同平地落下一聲雷，在每個人心頭激起震盪。

杜松蘿主動約了一刻；現在的一刻在別人眼中，就是個長髮及肩的清秀女孩。

「我靠！」柯維安驚恐地跳起，「小白之前還跟我說，他總覺得杜松蘿一直往我們這邊看，他以爲是錯覺……」

顯然不是錯覺了。

幾個人面面相覷，下一秒，誰也不敢遲疑地拔腿就往門外衝。

綜合諸多線索，加上一刻至今未歸，無一不是指著一個結論——那名白髮男孩，成爲杜松蘿的最新目標。

然而柯維安等人剛奔出房間，樓梯那頭竟同時衝上了一抹人影，搶眼的花襯衫第一時間揭曉對方身分。

是巫念君。

全然沒了平日的輕浮，巫念君蒼白著臉，氣喘吁吁。一見到柯維安等人，就像溺水者發現了浮木，激動不已地衝上來。

「巫學長？」蔚可可吃驚地嚷道：「你怎麼……」

「出、出事了……」巫念君粗重地喘著氣，聲音像是老舊的風箱，粗嘎得嚇人，「樓下出事了！小昊他不見了！」

「等一下，到底是樓下出事還是你弟弟不見？」柯維安一頭霧水，找不出兩者間的關聯。

「我……」巫念君大口吸了幾次氣，才奮力把句子連貫喊出，「小昊出門太久，手機也沒人接，我擔心他，才跑出來找……結果就見到一樓出事了，才又立刻跑上來找人……」

「下樓去看！」安萬里立即下達指令，同時截斷柯維安本想發出的滿腔疑問。

他迅速意會過來，與其待在原地浪費時間問東問西，倒不如直接去現場看個明白。

樓梯被一群人踩得劈啪作響，動靜可謂不小。何況巫念君還說一樓出了事，照常理來說，這間旅館的工作人員早該被驚動，並且馬上聯絡人在妖委會的鈴蘭草。

等到柯維安他們來到一樓，頓時了解為何會沒半個人出面查探情況。

人都失去意識了。

半敞著門的員工休息室內倒了好幾人，櫃台後方也倒了一人。假使不是巫念君事先說了，他們還沒辦法立刻就注意到櫃台後有人。

「我就是想下來問問櫃台，有沒有看見小昊，誰知道走近後卻發現……」巫念君嚥了嚥口水，突然發現旅館人員全失去意識，帶給他一陣不小的衝擊。他再怎樣對女孩子以外的事漫不經心，也絕不會遲鈍到嗅不出這股詭異的氣氛。

看起來，分明不像普通人能做到的。

陡然間，一個荒謬的念頭躍出，巫念君不禁面色如土，「我的天，總該不會是小昊那小子被踩到了什麼地雷，才憤、憤而對這些人動手吧？我就說他一點就炸的個性，總有一天會惹出麻煩的啊！」

「稍安勿躁。」安萬里只給出這四個字。他沒有進入櫃台檢查那倒楣人的狀況，他的注意力被另一件事攫住了。

從柯維安謹慎地喊了聲「副會長」來看，那名娃娃臉男孩看樣子也發現到端倪了。

是霧。

如果說旅館內的霧氣是隨著有人進出，而跟著闖過自動門的，那或許還能稱得上是合理解釋。可是就在櫃台底部、自動門底部附近，乳白色的霧氣卻像一條條小蛇蜿蜒徘徊，遲遲未散逸，那可就不太尋常了。

「嘿，你們有聽到我說的嗎？你們覺得會不會眞的是小昊？」不甘受到冷落的巫念君猛地停住了喋喋不休，大氣也不敢吭一聲地死死盯住出現在鼻尖前的森冷刀鋒。

「聽話，噤聲。」符芍音穩穩持著和她嬌小身軀呈強烈對比的斬馬刀。

巫念君甚至從那銀亮的刀身上，覷見自己驚惶的表情。

上一秒，那個小女孩的手裡明明什麼也沒有，爲什麼下一秒就出現這把長得嚇人的刀？她到底是藏……

巫念君瞳孔猝地收縮，巫小昊的嘀咕在耳畔重新浮現。

「我沒在開玩笑，我是說眞的，你覺得她們像是人……」

靠！那小子該不會眞烏鴉嘴說中了吧！

「萬里學長、維安，你們發現什麼了嗎？」沒多餘心思去向看似嚇傻的社團學長解釋，蔚可可心急如焚地問道。她想弄清杜松蘿最初接近自己的目的，更擔心一刻的安危。

「可可，我猜妳不會答應跟芍音留在這，等鈴蘭草他們過來的，對吧？」安萬里反而拋出了另一個問題。

「那當然啊！」蔚可可不假思索地喊道。

「不留。」符芍音也張著大眼睛，凜冽地看向安萬里。

「我想也是。」安萬里沉穩地笑了笑，「那接下來，就要麻煩九江學弟了。」

「學……學弟!?我靠，爲什麼你喊小九『學弟』？她不是有胸的嗎？不是該喊『學妹』嗎？」巫念君沒錯過安萬里使用的稱呼，驚恐地拔尖了尾音。

沒人理會巫念君的大呼小叫。

安萬里有條不紊地發出一條條指示，「維安去張結界，能圍多大就拚命圍多大。九江引火，負責照明。然後我們就在路上一邊通知鈴蘭草，一邊對可能造成的損壞先道歉吧。至於巫念君同學，就麻煩你乖乖待在這別亂跑了，我們會一起幫忙找你堂弟的。啊，還有……」

安萬里在踏出自動門前，回頭朝巫念君微微一笑。

「其實沒胸，有把呢。」

巫念君張著嘴，呆若木雞地目送著一票人離開旅館，腦袋裡就像有一堆毛線球滾在一塊，將他的思緒也纏得亂七八糟。

那男人剛說了什麼……

沒胸？有把？指的是小九嗎？

但他怎麼看，小九都是個冷艷自帶胸器的長腿大美女啊！

我操操操操！難不成小九是個人妖——

巫念君簡直想發出悲鳴，在憂心著堂弟去向和急於弄清小九眞正性別這兩股心情的夾擊下，他跌跌撞撞地衝了出去。

霸佔在街上的大量霧氣嚇了巫念君一跳，可眞正令他飽受衝擊的，是他目睹到有著可愛娃娃臉的「小安」一手抱著筆電，隨著另一手在鍵盤上靈活敲打，無數金燦炫亮的奇異古字成串成串地從螢幕裡飄出，直竄黑夜。

以及比他高大的「小九」從褐髮變爲紅髮，赤色髮絲彷如燃燒中的烈火。不對，髮絲末端眞的化爲了火焰，與纏繞在一邊臂膀上的緋紅之炎相互輝映，成爲這茫茫霧氣裡最輝煌奪目的色彩。

先不管那些金色的字到底是什麼，人類是絕對不可能平空操控火焰的……

巫小昊說的果然沒錯！

「你你你你你們……」巫念君顫抖著嗓音，手指不知該比向哪人才好。他甚至看見蔚可可的手上乍現碧綠色長弓和箭矢，右手背至中指間的青碧花紋肖似植物攀繞，發散著微光。

「副會長，好像不太對勁。」柯維安收起架好神使結界的筆電，娃娃臉皺成一團。

無憂森林的霧含有輕微致幻與鎭靜的成分，可以使人類的大腦自動對不合理的景象做出解釋，也可以說是暗示。

但是，巫念君看起來一點也不像有被糊弄過去。

那名穿著花襯衫的男大生嘴巴張得像能吞下一顆蛋，手指顫抖地游移著。

「是啊，照理說……」安萬里微瞇著眼，他的呢喃透出若有所思的味道，像對某件事有

所揣測，「除非……」

緊接著，安萬里從巫念君的震驚大叫中證實了他的想法。

「你們到底是妖怪還是神使？我還以爲你們也應該是妖怪的啊——」遠遠超出一般分貝的叫喊響徹整條街，可由於柯維安事先架好了結界，響亮的聲浪怎樣也不會傳入一般人耳中。

「巫學長，你知道神使的存在!?」震驚的人還有蔚可可。她瞠圓眸子，不敢置信地看著理應是普通人類的社團學長。

「小可，我覺得呢……重點是『也』。」柯維安舔了舔嘴唇，乾巴巴地提醒。

「咦？」蔚可可扭頭看向柯維安，再猛地望向巫念君，「欸!?」

「也，是妖怪。」符芍音將斬馬刀指向巫念君，平靜地補充。

謎團霎時迎刃而解。

這就是巫念君沒被霧氣引發暗示和幻覺的原因。

他不是人類，是妖怪。

「我也忘了鈴蘭草曾提過，在這地方，妖怪彼此間對妖氣的感知會降低，怪不得九江沒察覺到。」安萬里像是自言自語，但仍被曲九江聽見。

「爲什麼不說是那白痴的妖氣弱到連發現的價值也沒有？」覺得自己被看輕的曲九江陰

冷地瞇起眼，染成冷酷銀色的眼瞳看得巫念君差點雙腿發顫。

「等一下！也、也就是說……」揮開疑雲的蔚可可語帶遲疑，「巫小昊也是……」

「呃，跟我一樣。」巫念君乾笑地撓撓頭髮，「學妹妳放心好了，我對神使沒偏見的。畢竟有偏見的話，容易被我們女神般的副族長揍。」

蔚可可下意識就想問你們副族長是誰，可她接著又聽見巫念君戰戰兢兢地說：

「跟著你們，就可以找到小昊吧……我的妖力是挺弱的，不過應該還能幫上一點忙。例如你們要不要請小九熄去她看起來威力就很嚇人的火……換上我的火焰來引路？」

像是要證明自己能派上用場，巫念君話聲方落，身周驟然竄冒出一簇簇巴掌大的紅火，宛如朵朵赤蓮開綻，連帶地照清被霧氣朦朧的視野。

與此同時，巫念君的外表也起了部分變化。他的眼珠轉為金黃色，頭頂有一對毛茸茸的黑色尖耳冒出，身後有一條同樣毛茸茸的黑色狐狸尾巴。

蔚可可瞬間知道巫念君用的是什麼火焰了。

那是狐火。

巫念君是隻妖狐。

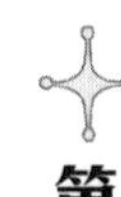

第十一章

越是接近無憂森林，霧氣就像源源不絕地從裡頭噴薄湧出，宛如要將前來的人們重重包圍住，隨時拖拉至森林的最深處。

可奇異的是，縱使這些霧氣再怎麼增長、發散，始終維持著大致的能見度。方圓數尺內，還能辨識出周遭景物；再遠一點，就僅能瞧見模模糊糊的輪廓了。

不管怎麼想，這情況都詭異得不尋常。

只要稍有理智的人，都不會貿然深入，更遑論被夜色和裊裊霧氣包圍的森林，乍看下就像蟄伏不動的可怖怪物，就等獵物自動送上門。

一刻當然具備著理智，他也自認不是什麼送上門的獵物。

然而此時此刻，他卻不得不主動迎上眼前這個未知的危險——只因爲距離他數臂之遠，還有另一條人影飛快奔跑著。

換個方向想，這時候堅持往無憂森林衝，絲毫不把自身安危當一回事的人，一刻其實大可以不必理會。

偏偏那人的名字是巫小昊，是蔚可可認識的人。

衝著這點，一刻就不可能置之不理。

尤其杜松蘿還說過，巫小昊的模樣就跟下午時的她一樣，像被一股不明力量引誘，進而渾然不覺周遭一切，一心只想進入無憂森林。

幹！這綁架犯的目標又換了嗎？本來是限定女性妖怪，接下來是人類女性，現在連男人都算進去了？×的能不能有點堅持啊！一刻暴躁地在內心咒罵。

面對一直在自己視野內的少年身影，一刻說什麼也不想跟丟。他咬了咬牙，從眼角刷過的景色已讓他找不出相異之處，在他看來都是樹木、攀繞的地衣松蘿、霧氣、還有黑夜。

一刻就算此時停步轉頭，也分不清所在何處了。

當然，他沒有回頭的打算。不攔下巫小昊，不抓住那個暗中搞鬼的傢伙暴揍一頓，他說什麼也不甘心。

一刻眼神一厲，彷彿感染到他的情緒波動，左手無名指上的橘紋瞬時延展領域，像是舒展的植物般，一路蔓延至手背上。

他奔馳的速度更快，身影快若疾雷，一口氣縮短了始終與對方僵持著的距離。

就在一刻猛地探出長臂，就要一把扣住巫小昊的肩頭——

一直狂奔的少年居然自己先停了下來。

什麼……！一刻大愕，要不是他反射神經敏捷，及時做出反應，只怕就要與對方狼狽地撞成一團。運氣差點的話，還可能煞不住勁道繼續往前滾，直到撞上哪棵大樹為止。

巫小昊似乎不知身後有人，他就這麼突兀地停下，突兀地不動。

在白茫霧氣的包圍下，有如一座凝固的雕像。

一刻摸不清對方的意圖，或者說操縱巫小昊的那個人的意圖。他警戒地留心黑髮少年的一舉一動，右手虛虛握著，只要一有異變，白針就能刹那成形，毫不留情地攻擊。

他飛快打量周邊環境，遠離人工光源的森林裡幽暗得不可思議。倘若不是此地林木的密集度不比他處，枝葉也不至於繁密得遮擋住夜空，以及一刻身為神使，視力遠勝常人的關係，否則單是視物就會成為一個大問題。

一刻分不出他們正在無憂森林東南西北的哪一方，他只能直覺地猜測，他們估計相當深入森林了。

眼下只希望柯維安他們有發現自己留下的指路線索。

一刻目光沒有離開巫小昊。

那名少年依然一動也不動，直挺挺的，就像雙腳在土地上紮了根，反而有種難以形容的詭異。

一刻下意識再探向自己口袋，但裡頭空無一物，那些被他沿路扔下作為路標的糖果已經用罄。他彈下舌，在內心盤算著如果巫小昊再無動靜，就要不客氣地先發制人。

畢竟一旦對方再往深處跑，他手邊也沒有半顆糖能再用來做記號了。

就在這時，一刻倏地捕捉到一道細弱的聲響，像是硬物被人不小心踩裂的聲音。

聲音其實不大，可在幽暗死寂中卻產生了被放大的錯覺，無比清晰地進入一刻耳裡。

那是糖果被踩碎的聲音。

然後，一刻聽見一道細若蚊蚋的女聲問：

「小白……妳找到巫小昊了？」

是杜松蘿。

一刻反射性就要回答，可當第一個音節欲滑出舌尖之前，又硬生生地被扼止住了。

森林裡比外頭還要濕冷，霧氣則恍如冰涼的小蛇，貼附著人的皮膚游移。

一刻僵著背，感受到另一股更徹骨的寒意從他體內擴散而出。

「小白……」杜松蘿正在靠近，呼吸聽起來有些急促，也許是她賣力緊追上來的緣故，

「小白？」

一刻拳頭捏攢得更緊，胃部像被人粗暴塞進一把冰塊，讓他覺得自己吐出的都是縷縷冷氣。

他巴不得能給自己猛烈一拳，因爲他是個大白痴，竟到現在才發現這麼明顯的問題。

一刻肌肉緊繃，不著痕跡地藏起攀附神紋的左手，不讓身後人窺查到。

「小白，妳爲什麼不回答我？」杜松蘿的嗓音從霧裡傳來，似乎少了原本的怯懦，反而被幽寂襯托出幾分空靈。

一刻保持沉默，他無聲地數著來自後方的腳步聲。

一步。

是他要杜松蘿跟緊自己的。

兩步。

杜松蘿做到了，她完全沒有跟丟。

三步。

但是杜松蘿根本就不應該做到，普通人怎麼可能有辦法跟上神使的速度？

——就是現在！

一刻眼中戾氣暴起，他猛地旋身，無數光點同時凝聚成如劍長的白針，迅雷不及掩耳地直抵向對方咽喉前。

只要再突刺一、兩寸，那冰冷的金屬就會毫無間隙地貼上杜松蘿的皮膚。

然而，有什麼東西阻隔了白針的進逼。

那是淡綠如細線的物體。大量細線平空冒出，糾纏成一面最堅固的盾牌。

那不是什麼細線，竟是種植物。

一刻瞳孔猛地收縮，他認得那植物。就在今日、就在下午，甚至是方才奔馳的路徑上，無憂森林的樹木上隨處可見。

淡黃、淡綠、灰綠的枝狀植物宛如一團團凌亂的絲線或是髮絲，從樹枝間糾纏地懸垂下來，遠看使得那些樹枝像是毛茸茸的蜘蛛腳，不論是白日黑夜，都替這座森林增添了幾分猖狂。

而眼下，那些淡綠色植物猶如溫馴的小動物，倚繞在杜松蘿身邊，幫助她攔下了一刻的刺擊。

一刻面無表情，唯有眼裡的凶戾最盛。

他記起了那植物的名字，就叫松蘿。

杜松蘿的「松蘿」。

「我有注意到妳是神使了，小白……」黑髮女孩笑得羞澀，但已一掃先前的畏縮。她的髮絲亦在變化，成為糾結的枝狀植物，為她秀緻的面容染上一抹詭譎，「妳在追著巫小昊的時候，我看見神紋啦……我嚇了一跳，我本來以為妳是人類，可是神使也沒關係的。」

一刻抽回針，沒有放下絲毫戒備。但與此同時，心底不斷冒出困惑。

他不懂杜松蘿幹嘛要紅著臉說話，她剛跑得太急了？幹，最好是啊！她可是個妖怪！

杜松蘿自然不知一刻在內心已快速做完一輪自我吐槽，她往前再踏出一步。

一刻能聽見奇異的沙沙聲。憑藉著微弱的月光和自己的視力，他看見對方後頭的枝狀植物就像獲得了生命力、朝外延伸，從白紗似的霧氣裡掙脫出來，彷彿要在半空中結成一面天羅地網。

一刻暗罵了一聲「操」，他暫時不敢貿然行動，天知道是不是整座無憂森林的松蘿，都在那名黑髮女孩的控制之下。

如果是的話，那他的敵人就該死的是一座森林了。

「妳到底是什麼？」一刻冷聲質問道，眼神鋒利如刀，不見軟化，「別再跟我唬爛妳是蔚可可的同學了。我不知道妳是怎麼瞞過那丫頭的，但妳下午跑進森林，根本不是妳聽見有人在叫妳，而是爲了要把蔚可可引來這，是不是？」

既然杜松蘿不可能是受害人，那麼差點要成爲受害人的——實際上應該是各方面也都符合條件的蔚可可才對。

「之前那幾名無端失蹤的年輕妖怪，也是妳幹的好事？」

「我只是，想要有人陪陪我……」杜松蘿沒有否認，她細聲地說，目光也痴迷地黏著一刻不放。

一刻看不懂對方眼神的意思，但他本能地打了個寒顫。

「她們都不肯答應我，所以我只是讓她們多陪我幾天……這樣也不可以嗎？」杜松蘿語氣坦率到接近奇異的天眞，「我沒有要傷害她們，我也沒打算要傷害可可……可可很可愛，性格又好，他們一群人來到無憂鎭時，我就注意到了。」

換而言之，蔚可可是來無憂鎭後才被盯上，成爲杜松蘿的目標。

但是，杜松蘿又是如何讓整個社團的人都相信她也是他們的一分子……

心念電轉間，一刻攫住了一瞬即逝的某個猜測。

「是這地方的霧。」一刻慢慢地說，「霧讓蔚可可他們忘記了一件事，忘記妳不是他們的同學。」

「妳知道？啊，是妖委會的人告訴妳的吧？」杜松蘿伸出手，像是想碰觸，可又像被一刻如出柙猛獸的眼神震住，不敢有進一步動作，「我不曉得爲何對其他女生有用的力量，換成可可就沒效果了……是因爲她不是妖怪嗎？我試了好幾次，但她就要離開了，然後……」

一刻以爲杜松蘿要說然後她就故意自導自演下午的那齣戲，卻沒想到黑髮女孩竟然通紅著臉說：

「然後，我就遇見小白妳了……」

什麼鬼！一刻驚悚地瞪大眼睛，開始察覺到事態的走向完全朝著一發不可收拾的詭異而去。簡直就像本來看的是一部恐怖片，突然來個一百八十度大轉彎，成了一部粉紅泡泡四處飄的愛情喜劇片。

不，這肯定是他的錯覺。

一刻果斷掐死自己的想像力，重新端起強硬嚴厲的態度，「就算沒傷害人也不行，從根本上就是妳做錯了！」

「爲什麼？」杜松蘿眼眸大睜、嬌羞褪去，臉上浮現強烈的不滿，像是不明白爲何連一刻也要指責她，「我明明沒傷人的！」

「沒傷人不代表你他媽的就能無視他人的意願！」一刻聲音拔高。

「誰教她們不答應當我的女朋友，我才操控她們陪我約會三天！」杜松蘿聲音更高，她幾乎像是歇斯底里地放聲大喊，「我怕她們有不好的回憶，還特地抹去她們三天內的記憶啊——」

……等等。

……三小啊!?

一刻目瞪口呆，被杜松蘿嚷出來的眞相衝擊得反應不過來。

搞半天，以爲是暗藏天大陰謀的女孩失蹤案，到頭來原來是因爲杜松蘿想找女朋友？

所以長髮及肩、年輕貌美這樣的條件……其實只是她的擇偶標準？

也就是說，自己的女性模樣完全戳中杜松蘿的好球帶，她故意讓巫小昊引他進來，就是要自己當她女朋友……

操操操！別開玩笑了！一刻霍然回神，臉色鐵青。

他不在意杜松蘿喜歡女的還男的，但他絕不可能陪她玩這遊戲。就算自己還沒給楊百罌和蘇染答覆，他也不允許自己做出對不起她們心意的事——即使是在被操控的情況下。

荒謬感退下，怒氣如潮水般驟生。

杜松蘿再怎麼強調不傷人，也仍舊是將自己的願望強壓在他人身上。

一刻可不管面前的人是不是女性了，對他而言，敵人沒有性別之分，他只要痛揍一頓就夠了。

白髮男孩繃緊的身勢就要暴起，然而他先前發愣的空檔已足以讓杜松蘿取得先機。

說時遲、那時快，一刻手腳被大量松蘿「唰」地纏縛住，細密的淡綠色植物有如女人髮絲般緊緊勒著他，後方更有另一股力道架住他的身軀。

有兩條手臂宛若鐵條般地從一刻胳膊下穿出，牢牢扣住不放。

一刻一驚，是巫小昊！

一時之間，他陷入了難以動彈的境地。

「我知道小白妳不會願意當我女朋友了……」杜松蘿像是想要穩定情緒般深呼吸幾次，胸脯跟著劇烈地起伏。她抬手抹抹泛紅的眼角，聲音裡還帶著方才吶喊後殘留下來的沙啞，「而且妳本來就有女朋友了，小安她人也很不錯……」

不錯個蛋！柯維安才不是他的女朋友！一刻只能在心裡狂翻白眼。他注意到那些縛著他的植物並沒眞正往死裡勒纏，也就是說還有掙動的空間。

一刻心如明鏡，當下知道自己下一步該怎麼做了。

「小白……小白，我在無憂森林裡就喜歡上妳了……妳爲我說話，還教訓巫小昊，樣子眞的太帥氣……」杜松蘿吸吸鼻子，設法再綻露出笑顏，「所以就算知道妳有小安那麼可愛的女朋友，我還是沒辦法死心……」

一刻已經懶得吐槽了，他默不作聲地觀察自己與杜松蘿的距離。

「才會想著要把妳引來這裡，跟妳告白……但果然還是失敗了。」

杜松蘿繼續往前走，指尖末端鑽繞出淡綠的枝狀植物，像是有意志般在空中蜿蜒纏捲。彷彿受到吸引，徘徊在周邊的霧氣有幾縷飄了過來，像聽話的寵物棲息在上。

「妳不是『松蘿』嗎？」一刻綳著聲音問，眼裡微洩驚疑。

既然是植物，爲何連這裡的霧氣也能操縱？

「嗯，我是在無憂森林生長的松蘿。」杜松蘿聽出一刻問的是種族，而非她的名字，「因爲一直待在這，一直浸染在霧裡太久了，不知不覺就能使用一些這裡的霧氣……它們可以幫我讓人聽話一點，讓人不記得一些事。」

淡白的霧纏上杜松蘿的手指和一條條枝狀植物，眼看就要跟著撫上一刻的臉頰。

「小白，三天就好了，陪我三天就好……」杜松蘿雙頰泛起潮紅，黑眸閃亮，像燃燒的燭火，「我絕對不會傷……！」

杜松蘿瞪大眼，連話都還未說完，一片陰影已陡然覆至她面前。

接下來，想都沒想過的劇痛從額上炸裂開來，同時腦海裡像有無數嗡鳴迴響。

杜松蘿直到踉蹌地跌坐在地，都還不知道究竟發生什麼事。

一刻可不在意對付女孩子使用頭鎚會不會太過分，猛地撞開杜松蘿後，動作也沒停下，後腦馬上再狠狠往後方一撞。

顯然杜松蘿只是操縱巫小昊的意志，卻沒有奪走他的感覺。

突如其來的頂撞，讓巫小昊吃痛地鬆開挾持的力道。

一刻要的就是這瞬間。

暗中蓄力已久的拳頭立刻從松蘿的空隙間掙出，攀爬至上臂的橘色神紋就像這幽暗之地最耀眼的色彩，迅疾粉碎了那些枝狀植物。

一刻的拳頭猶如帶著高溫，凡是被他揮砸上的枝狀植物，眨眼間像是受到烈火燒灼，當即焦黑、枯萎。

緊接著，一刻迴身，猝然扣住巫小昊的腦袋。

「你這死小鬼也該給老子清醒一點了！」

粗暴地一掌將人往旁邊樹幹大力磕上。

響亮的撞擊聲足以證明了一刻的力道有多大。

巫小昊只覺昏暗的視野內驟然炸出白光，下一秒，所有聲音、色彩都像沖刷上來的猛烈浪潮，將他團團包圍住。

包括痛楚。

「痛死了！搞什麼鬼啊！」被扔丟在地上的黑髮少年抱著頭，反射性爆出叫罵。無論他的臉還是後腦，都像挨了誰的痛擊，疼得讓他連吼聲都變得沙啞和顫抖。

巫小昊很快就發現到自己身處在陌生的地方，這不是旅館房間，怎麼看都像是森林。

還有那些霧……他在無憂森林!?

「怎麼回事？爲什麼我在這座鬼森林？」顧不得那不知爲何引起的疼痛，巫小昊驚駭地跳起，然後看見一抹背對他的白髮人影，還有更前方滿臉震驚的黑髮女孩，「是妳……杜松蘿！走廊上是妳該死地在搞鬼！」

巫小昊如同被點了炸藥，暴跳如雷地就想衝上去給罪魁禍首一頓教訓。

「不要以爲妳是女的我就不敢揍妳！」

但是有人動作更快地打斷了巫小昊的怒焰。

「不要以爲你是小鬼老子就不會揍你！」一刻飛也似地拽住巫小昊的衣領，驚人的力道逼使對方難以再上前一步。

巫小昊瞪大眼，倒映在瞳孔裡的是神情狠戾的白髮女孩。

他的呼吸不禁一滯，他看見那隻拽著自己衣領的手上，竟攀附著繁複的橘色花紋。對方的另一隻手上，甚至還持握著一柄細長如劍的鋒利白針。

在這麼近的距離下，那股氣味如此明顯。

巫小昊感到心臟狂跳，腦海深處有「什麼」在推搡著，像是想衝開束縛，掙脫出來。

到底是什麼？

他說不上來，可心跳卻越來越快，心臟還像有隻無形的手在慢慢掐壓。

「可是小白……」杜松蘿摀著紅腫的額頭，囁嚅地說，語氣不自覺變得小心翼翼，似乎深怕眼前的白髮女孩再給她凶猛的頭鎚，「妳其實已經揍了啊……」

「妳安靜，不准動！」一刻不耐煩地厲喝道，絲毫不憐香惜玉。

「咿！」杜松蘿嚇得瑟瑟發抖，身後和身周的枝狀植物也崩落於地，跟著一塊抖。

杜松蘿白著臉，眼眶含淚，仍是不敢相信自己心儀的女孩子會對同性動粗。應該說，怎麼會有女孩子對人用頭鎚的……嗚嗚，小白好帥氣，可是頭也好痛……

一刻不曉得杜松蘿內心的想法，確定對方不敢妄動後，目光轉回至巫小昊，發現少年表情古怪，呼吸加重，臉色也比方才還要蒼白幾分。

「喂，你怎麼了？」一刻皺起眉，稍稍反省起自己先前的力道是不是太大。但不能否認的是，他那一擊裡多少存了點替蔚可可出氣的意思，「巫小昊，你不舒服嗎？」

一刻下意識將人扯得更近地打量。

巫小昊被突然放大的臉孔嚇得心神愈發不寧，覺得腦袋和心口都像出了毛病。

「別、別碰我！妳這個醜女、怪力女！」巫小昊口不擇言地用力拍開一刻的手，卻沒想到那麼剛好，竟將對方腕上的五色手鍊一併扯下。

一刻愣住，眼睜睜看著那條據說未滿十二小時無法摘下的手鍊，隨著巫小昊的動作呈拋物線地飛了出去。

三人的視線不由自主地追著那軌跡，待手鍊墜地後，更是不由自主地發出了聲音。

「啊！」少年的聲音。

「啊……」女孩子的聲音。

「我操！所以又被耍了？」男孩子的聲音。

轉瞬間，巫小昊和杜松蘿就以像會拉傷脖子的速度，猛地扭過頭。他們不明白爲什麼會多出一道男聲，眼下不是該只有兩女一男嗎？

另一道女聲，又是消失到哪了？

這一回頭，巫小昊和杜松蘿皆當場呆住。

微弱的月光下，手持長針的白髮女孩不見蹤影，取而代之的是同樣抓握著白針，左手烙有橘色神紋的白髮男孩站在原地。

炫亮的白色髮絲有些凌亂地翹著，劉海下的一雙眼睛又凶又狠，像是盯上獵物的悍獸。繃緊的臉部線條絕對稱不上可親，從頭到腳都散發出凶暴的氣勢，微微扯動的嘴角甚至透出一股子猙獰。

「小小小小……」杜松蘿一手摀著胸，一手戰戰兢兢地伸出。她不認爲在這極短暫的幾秒，有辦法衝出另一名男孩來取代「小白」的存在。

可是如此一來，就只剩下一個荒謬又不得不相信的答案。

「小白!?」

「喔，幻覺解除了啊。」一刻聳聳肩膀，從杜松蘿驚恐萬分的表情就能知道，對方現在看見的是貨眞價實的男兒身，「原因省略，總之老子是男的。妳現在要做的就是乖乖跟我到外面去，找鈴蘭草他們說清楚。」

「妳……你你你……」杜松蘿哆嗦著聲音，看起來像要哭了，隨即她悲愴地大叫，「難道連可可也是男的嗎！」

「……不，她眞的是女的，那丫頭從出生就是性別女。」一刻抹了把臉，沒想到杜松蘿的重點放在這，「我和柯維安、曲九江都是男的，別再把我們當女人了。還有你，巫小昊，去跟你哥講。他敢再煩，老子眞的會把他揍到連你也認不出他是誰……巫小昊？」

得不到回應的一刻詫異地轉過頭，卻看見黑髮少年煞白著臉，死死地瞪著自己，嘴裡則是唸唸有詞。

「是男的……不是女的……是故意騙人的，就跟以前一樣……」

「巫小昊？」少年樣子太古怪，一刻不禁擔憂地皺起眉，「你中邪了？」

巫小昊像是沒聽見一刻的問話，他其實連自己在說什麼都不自覺。在看清面前白髮男孩身影的剎那，腦海深處拚命推搡的「什麼」，終於衝破束縛，爭先恐後地掙脫出來。

是記憶。

無數片段快速又清晰地像書頁翻飛。

黑髮小男孩被誰追擊，那凶暴的眼睛比野獸還可怕，頭髮就像洗衣粉一樣。

小男孩被眼睛和頭髮的主人抓住，毫不留情地抽打了一頓屁股，屈辱深深地烙印在小男孩的心裡。

小男孩在尖叫，在詛咒，要捍衛自己的驕傲。

畫面再一轉。

黑髮的小男孩滿臉通紅地高舉花束，向誰請求著交往，卻被突然變了臉色的那人抓住，往地面猛力壓制。那人露出凶暴的眼睛，鋒利的白針插在他臉邊。

白髮少年追擊小男孩。

白髮少女拽壓住小男孩。

他們都有凶暴的眼睛和洗衣粉似的頭髮。

他們都是邪惡的人類，想要把小男孩扒皮賣到黑市去。

他們都有一個共同的名字——

「宮、一、刻。」巫小昊像是咬牙切齒般擠出這三個字，俊俏的臉扭曲成駭人表情。

「什……！」一刻愕然，沒料到會從巫小昊口中聽見自己名字。

爲什麼巫小昊會知道？在這地方，會喊他全名的蔚可可明明也都以「小白」代稱了……

不待一刻細想，巫小昊身上的變化令他大吃一驚。

少年眼睛顏色染成金黃，瞳孔越縮越細，有如針尖狀。

那絕對不會是人類的眼睛。

發生異變的不只雙眼，巫小昊指甲增長。上一秒仍是尋常少年的手，這一秒竟變爲獸類的利爪；頭頂兩側冒出漆黑的三角狀耳朵，身後也像有抹粗大的影子在甩晃。

一刻覺得自己要是再認不出少年的種族，他就可以把柯維安的名字倒著寫了。

「妖妖妖妖……」杜松蘿結結巴巴的音節猝然拔成尖叫，「有妖怪啊！」

「怪你媽啊！」一刻忍無可忍地暴喝，「妳自己都妖怪了還好意思在那鬼叫？好歹也喊有妖狐行不行？」

「嗚……嗚咿！」杜松蘿在眼眶打轉的淚水被嚇得縮回去。

巫小昊看也沒看杜松蘿一眼，他死命瞪著手持長針的白髮男孩。就算與記憶中的人影相比，成熟了不少，可他絕對不會錯認。

對方就是多年前追擊他、迫害他，還化成女孩故意欺騙他，對他圖謀不軌的可恨人類！

怪不得他一看見對方就莫名火大，怎樣也壓不住的敵意源源不絕地湧出……原來這一切都不是毫無來由。

「我記得你了……」巫小昊的黑色狐尾在身後一下一下甩晃，他從齒縫間擠出的森冷聲音像巴不得將人碎屍萬段。

饒是對情感方面較為遲鈍的一刻，也能感受到那針對自己的濃濃忿恨。

但是一刻沒有直接不耐煩地甩出一句「記個鬼，你誰啊？」，他繃著臉，攢著白針的手，肌肉用力到賁起，渾身環繞著警戒。

杜松蘿看不見，巫小昊自己也不會發現。

可是，身為在場唯一神使的一刻卻是看得一清二楚——那名年輕妖狐的心口處，正快速生冒出黑線。

那是代表內心欲望失衡而具現出來的欲線。

只要欲線碰地，就會釣起專門吞吃欲望的妖怪，瘴。

「沒想到你還是一如過往地卑鄙無恥……居然再次故意變成女的，接近我……」巫小昊嘶著氣，尾巴拍地。

第一下、第二下、第三下。

「你果然還是想扒下我的皮賣到黑市，你這個頭髮跟洗衣粉沒兩樣的邪惡人類——」

黑色狐尾沒有再拍打第四下，隨著那聲尖嘯爆發出來，巫小昊的狐尾瞬間燃起層疊紅火，像柄燃燒的巨大鐮刀，猝然劈砍向一刻所在之處。

一刻嚥下了想大罵的衝動，眼疾手快地抄起呆若木雞的杜松蘿就往旁邊閃。

落空的狐尾在地面留下一道深深痕跡，就連一旁的樹木也被掃出一道口子。

「有空隙就跑。」一刻放開杜松蘿，目光依然沒離開身周竄冒數盞紅火的巫小昊。

欲線增長的速度沒有減緩，觸地只是遲早。

「小白……」杜松蘿慌張地想抓住一刻衣角，可猛又憶起對方並不是她心儀的「女孩子」。

「妳知道出去的路對吧？去把蔚可可他們帶來。如果不想讓自己被燒個精光，就照我的話做。」一刻語氣嚴厲。

杜松蘿頓時像被澆淋了冷水，清醒過來。她是松蘿，植物畏火，偏偏巫小昊使用的就是狐火。

「我……我會幫忙拖住一瞬的，小白你要撐住！」杜松蘿深吸一口氣，她發顫的尾音方落，藏在樹上陰影的大量枝狀植物登時就像繩索，「唰」地從四面八方捲出，纏上巫小昊的手腳。

杜松蘿眞的只能拖住一瞬。

因爲下一秒，炙熱的火焰平空燃起，將那些植物燒個精光。

然而不論是杜松蘿或一刻，都沒有放過這一瞬。前者馬上往森林出口方向狂奔，後者則是身形似箭掠出，提針衝向了巫小昊。

只不過一刻仍錯估了欲線的速度。

幾乎同一時間，細長的黑線一口氣暴長，眨眼就觸及地面。

一刻瞪大眼，白針尙未揮下，巨大如黑魚的不祥影子已然躍出地面，在半空擺動尾巴，扭頭就往下方張大驚人的嘴巴——

誰也來不及阻止。

巫小昊被瘴吞噬了。

「杜松蘿，躲好！」凌厲的吼聲在林中砸下。

杜松蘿卻是反射性放慢腳步，回頭想查看究竟，然後她目睹一團混濁不堪的黑暗無預警地爆裂開來。

一束束飛濺出的黑影簡直像四散的箭矢，其中一簇就往杜松蘿逼進。她腦內空白，連要催動植物保護自己都忘記了。

就在這時，有另外三束碧亮的利光破空到來。一束迎撞向杜松蘿身前的黑影，另外兩束分別擊落兩道目標。

至於剩餘的黑影，則是被乍然撕裂昏暗、呼嘯衝出的緋紅之炎一舉席捲吞沒，隨後是更多簇巴掌大的火焰自樹林後方飄來，宛若輔助照明。

伴隨而來的還有多道人影與心急的叫喊聲。

「小白！」

「宮一刻！」

杜松蘿雙腿乏力地跌跪在地，還置於茫然混亂中。

一刻卻是徹底鬆了一口氣。

他的同伴們，終於趕來了。

第十二章

蔚可可和曲九江最先進入杜松蘿視野內。

她瞠大眸子，忽視不了前者抓在手上的碧色長弓和右手背至中指的淺綠花紋，以及後者鮮紅似火的髮絲、冷酷的銀星眼瞳，和被緋炎纏繞、有若火焰利爪的其中一隻臂膀。

可可也是神使？「小九」是妖怪!?

但令杜松蘿大感驚愕的不只這兩人，當她接連看到手提巨大毛筆的柯維安、指間攢著符紙的符芍音，以及半邊臉頰覆有石灰色岩片的安萬里，她差不多已被衝擊到有點麻木了。

神使、狩妖士、妖怪……這群人到底是……

所以當杜松蘿望見殿後的巫念君頂著狐耳、拖著一條狐尾氣喘吁吁地出現時，反倒連點驚訝之情也沒有了。

「松蘿，妳沒事吧？」確認一刻安然無事，蔚可可仍下意識關心起冒充自己同學的黑髮女孩。

「我沒事……」杜松蘿仰起臉，扯出一抹虛弱無力的笑容，「對不起，可可，我不會再對妳或小白……不，宮一刻出手了……」

「咦？」蔚可可愣了愣，還摸不清現況，但也沒忽略杜松蘿說的是一刻的本名。她連忙再往一刻看去，這時才猛然意會過來，映入眼中的是抹男孩的身影。

由於太習慣了，一時反而沒察覺出幻覺已解除的狀況。

「甜心！甜心啊啊啊！」柯維安毛筆一扔，一個箭步就往一刻撲去，「我們發現到你丟的糖果了，路上也通知鈴蘭草了，妖委會正在趕過來……你有沒有怎樣？有沒有？」

「在我怎樣之前就先被你壓死了，下去！」一刻沒好氣地拍開柯維安，緊繃的身子沒有放鬆。

那團黑暗破碎四散了，可巫小昊也不見人影。

瘴會將宿主的欲望膨脹至最大，巫小昊看起來是恨不得宰了他，這也就表示對方肯定還留在森林裡。

但那小鬼見鬼般的敵意是怎麼來的？還說記得自己……他們以前曾見過嗎？

一刻總覺得自己像忽略了某條從巫小昊話裡透露出來的線索，只不過還未摸到端倪，就先聽見一聲驚恐的慘叫。

「小、小白!?那隻眞的是本來那個小白嗎？」

「幹！什麼那隻、那個的？你找死嗎？」一刻神色狠戾地回頭吼了一聲，連釐清巫念君爲何一臉瞠目結舌的心思也沒有。

一刻沒有，柯維安卻有。

娃娃臉男孩訝異地來回兩邊看了幾次，一個念頭驟然浮現。尤其當他發現一刻手腕上空無一物，登時再也憋不住地跳起。

「狐狸眼的！你不是說要戴滿十二小時才有辦法摘下『幻視』嗎？」

「噢，我騙你們的。」安萬里若無其事地微微一笑，也沒特意糾正柯維安不小心蹦出的稱呼。

柯維安簡直被他們副會長的無恥噎得說不出話來，他居然就這麼不要臉地承認了！

搶在恍然大悟的曲九江爆出殺機之前，安萬里又說，「也許我們該關心的是另一件事。小白，是什麼東西攻擊你們？它還在，對吧？」

一刻沒有回話，事實上也不須他開口說了。

包括他在內，所有人都能看見林中更幽深處，有某個漆黑的龐然大物正慢慢一步步踏出，時不時從喉頭間滾動出危險的低吼聲。

起初由於陰影、霧氣和夜色的遮蔽，眾人並無法判斷出那是何種生物，可誰也不會忽視那團黑暗中，赫然亮著兩簇不祥的紅光，猶如鮮血潑灑其上，令人見了不禁毛骨悚然。

那是隻將近一人半高的碩大黑狐，一雙猩紅眼睛像是搖曳的幽冥鬼火。森白的利牙自齜開的嘴間露出，似乎只要隨意一咬，就能將人輕易攔腰咬成兩半。就連從鼻腔內呼出的氣體，一落入空氣便瞬時引起高熱和碎火四濺。

「不……不會吧……」巫念君張大著嘴巴，那雙駭人的紅眼睛無疑表露了那隻生物的身分，「瘴？」

下一秒，他如同當面挨了重重一拳，像被掐著脖子，嘶氣地擠出話，「宿、宿主！這隻瘴的宿主是誰？別告訴我……」

巫念君告訴自己千萬別往最壞的方向想，然而他僥倖的心理還是被無情地粉碎了。

「巫小昊。」一刻面無表情地看了巫念君一眼，「他被瘴入侵了。」

「什麼？這不可能！這怎麼可能？」巫念君慘白著臉大喊，「這完全沒道理……」

「我他×的比你想知道！」一刻吼了一聲，「誰知道他忽然發什麼瘋，莫名其妙把老子視作敵人，開口閉口就是邪惡的人類，他那顆腦袋分明是有病吧！」

不能怪一刻一開口就滿滿的火氣，他覺得最衰小的就是自己了。差點被人強制約會三天不說，好心幫巫小昊解開控制，換來的竟是劈頭蓋臉的敵意和咒罵。

「聽起來眞像中二病……」柯維安小小聲地說。

巫念君被嚇得閉上嘴，那名白髮男孩的眼刀宛若要把他戳成篩子。

然而一刻的這一吼，就像觸動了什麼開關，一道粗嘎話聲倏地響起。

「不是莫名其妙……」是那隻黑狐口吐人言，「是你是你是你……是你圖謀不軌！是你又要來傷害我了！」

高亢的嘯吼驟然爆開，黑狐大張的口中同時噴吐出數顆巨大的灼灼火球，疾速襲向了分別站於不同位置的一刻等人。

火球速度快，有人的動作更快。

「只要你以片刻爲單位來看待時間，就會發現我們都是琥珀裡的蟲子。」（出自《第五號屠宰場》）

淡白色的光壁拔地而起，頓如一面面盾牌，保護著身後人不受烈火攻擊。

火球紛紛撞上守鑰的結界，瞬間崩散爲飛揚的碎濺星火。

可在碎火消散大半後，理應在中心的黑狐竟不見蹤影。

下一刹那，消失的黑狐再度出現了。

「靠，我最討厭分身術這玩意了……」柯維安發出呻吟，「爲啥瘴都喜歡玩這招啦！」

回應柯維安的，是那些從另一方樹林現身的妖狐們的咆吼。

一、二、三、四、五、六、七、八，有如針對一刻那方的人數，八隻體型稍有落差的妖狐足下霍然發勁，各鎖定好一名獵物，凶猛地撲咬上去。

一刻等人的隊伍霎時被迫沖散。

爲了施展攻擊時不綁手綁腳，他們只能各自朝不同方向移動。

「所以小白你到底是對人家做了什麼始亂終棄的事啊！」柯維安一張手，先前被扔在地上的毛筆崩散成光點，轉眼浮繞在他掌上。

當柯維安一握緊，光點也在同時凝聚回原本的模樣。

金艷的墨漬隨著毛筆靈活揮劃，似劍氣橫出，似水花四濺。

直衝柯維安而來的黑狐被削掉了上半部腦袋，其餘點點墨漬落在樹幹上，成了幽暗中的另類照明。

可是那具漆黑的身子卻沒有因此減緩速度，那顆狐首竟滲湧出陣陣黑霧。

很快地，黑狐再次回復成完整形貌，只是體型比之前稍稍縮水一些，就像它重新調整了構造，好補上缺失的部分。

柯維安瞪圓了眼，一句「還有這招喔！」還沒來得及喊出，針對他的黑狐已然躍起，帶著鋒利爪子的前肢即將把他踩踏在地，讓他成爲砧上魚肉。

柯維安不假思索地一個滑鏟，略顯狼狽地從黑狐身下空隙避開了攻擊，緊抓在手上的毛筆也順勢在地面留下一串凌亂的金痕。

他顧不得背部被凹凸硬石磕得疼痛，旋即翻身跳起，毛筆接續之前的筆畫，大力勾拉出最後一筆。

「一筆蓮華——華光綻！」

回頭想抓住獵物，好凶暴撕咬一番的黑狐，只撞見自地面竄起的大片金光，像一把鋒利大刀橫衝直撞地砍進了它的雙眼間。

「靠靠靠！不是吧！」發出哀號的人卻是柯維安。

娃娃臉男孩倒吸一口氣，目睹那隻被切成兩半的黑狐居然再次冒出黑煙，然後成為了兩隻體型更小一圈的妖狐。

兩雙血紅色的眼睛不懷好意地盯著他。

柯維安簡直想揪著自己的頭髮大叫了。

神使的攻擊不該對瘴無效，那麼只可能說明了一件事：這只是虛幻的分身，沒有擊倒本尊，不斷地重覆攻擊，恐怕只會分化出更多分身。

柯維安本來還以為這隻保留了狐模狐樣的瘴不會那麼難對付，好歹它可沒有變得更猙獰駭人，但他現在想把那些念頭通通吞回去了。

這該死的也太難搞了吧！

緊接著，柯維安驚覺到更不妙的一點。他剛剛的喊叫沒有得到回應，他家小白照理說會氣急敗壞地吼來幾句……

柯維安直到這時才真正留意到周遭環境。依舊林木環繞，依舊霧氣渺渺，然而不知道什麼時候開始，附近已不見熟悉同伴的身影。

再遠一些就更不用說了，他只能看見白茫的煙霧與重重的幽暗樹影。

他們所有人真的分散了。

也可以說，他迷路了。

「我的天啊……」柯維安背後淌出冷汗，偏偏前方兩隻妖狐正虎視眈眈地盯著他，像盯著一塊上好肥肉。

柯維安嚥嚥口水，跑也不是，不跑也不是。

跑了，就怕迷路得更徹底，和同伴們越離越遠；不跑，自己的攻擊只會製造出更多的分身，除非有辦法一口氣碾得對方連渣渣也不剩。

只是柯維安也清楚，自己沒有這樣的攻擊方式。

就在他進退兩難之際，兩隻妖狐毫不猶豫地邁開四肢，衝向了呆立不動的目標。

說時遲、那時快，稚氣但透著威凜的童聲似煙花迸綻。

「哥哥，蹲下！」

柯維安本能地採取行動。

一道銀亮、像能撕裂夜氣的白光快若疾雷地從柯維安腦門上掠過，以一往無前的氣勢，當場攔腰斬過躍起的黑影。

四塊黑色物體「啪、啪」地砸墜在地。

柯維安一抬頭，就見到一把長度驚人、亮晃晃的斬馬刀，插立於黑色碎塊之間。

「小芍音！」柯維安連忙回頭，望見那抹朝自己奔來的雪白身影時，心中充斥著濃烈的感動和驚喜。他想也不想地張開雙臂，準備將對方抱個滿懷。

但沒多久，柯維安的笑臉就變成哭臉，「……小芍音，可以不要在只剩一步的地方停下來嗎？哥哥我好傷心……」

「不傷心。」符芍音走上前，拍拍柯維安的臂膀，依然沒有要給抱的意思，「哥哥不怕，找到你了。」

這種立場顛倒般的感覺，眞是令人心情複雜啊……被當作迷路孩童的柯維安摸摸鼻子，想試圖挽回一點屬於哥哥的崇高形象。

「咳，其實我沒有迷路，只是不小心和大家拉開一點距離……等等，小芍音妳是怎麼找到我的？其他人呢？」

「松蘿指路，甩開，去求救。」符芍音似乎極力想說明清楚情況，但受限於天性，還是只能蹦出幾個過度簡單的字辭，「她識路。」

也虧得柯維安腦筋轉得飛快，三兩下就推敲出幾個可能性，再選了一個他覺得最接近答案的。

「妳是說，杜松蘿告訴妳怎麼甩開狐狸，並且走哪條路可以找到我的嗎？然後她負責到森林外求救，因為她對森林的路很熟？」

符芍音比出一記大拇指，表達佩服之情。

柯維安的思考沒有停下。如果是熟悉森林的杜松蘿到外求援，估計很快就能和鈴蘭草他們會合，再帶著他們進來。不過既然小芍音是甩開敵人，就代表她沒有眞正與……喔！

柯維安浮上不祥的預感，他暗罵被喜悅沖昏頭的自己，慢慢轉過頭。

「靠喔……」柯維安有點想哭了。

四隻漆黑的妖狐蠕動成形，八隻猩紅似血的眼睛在黑暗中瞬也不瞬地盯視著他們。

「不該。」見到此景的符芍音一訝，斬馬刀立刻回到手上，不假思索地又要發出攻擊。

「小芍音不行！」柯維安急急阻止，「如果不能一口氣殲滅得不留痕跡，只會讓它們一再分化。」

符芍音收起刀，無聲地瞅著柯維安，有如相信他接下來做出的任何決定。

柯維安的「跑」字還在舌尖上，倏然間，從遠方傳出了轟然聲響。

即使霧氣和夜色交疊，也掩不了那隱隱透出的沖天火光。

柯維安眼睛一亮，他知道要往哪跑了。搶在四隻黑狐完全成形之前，他抓住符芍音的手，毫不遲疑地一頭衝進渺渺白茫中的另一端。

蔚可可驚險躲過那隨著狐尾甩出的多道弧形火焰。每一道赤火都像是氣勢逼人的鐮刀，想要一舉割下獵物的項上人頭。沒有擊中目標的火焰撞上了樹木。

也許是知曉若在林中引燃大火，會使自己同樣陷入不利的境地，那些火焰在觸及目標以外的物體時，反倒自動消逸。

蔚可可閃身躲進了某個足以遮擋她全身的樹幹後，吐出一口氣，依然不敢放鬆警戒。長弓在她手裡被攢得緊緊的，好隨時都能在最短時間內飛速搭弓、拉弦。

闃靜的森林中，黑狐踩踏過枯枝落葉的聲音都格外明顯，也格外令人感到心驚膽跳，像每一步都踩在人的心頭上。

蔚可可屏氣聆聽後方動靜，心境卻比想像中還要鎮靜，因爲她知道她不是一個人。

她緊貼靠著樹幹，側頭望了下自己的左方。同樣利用樹木作掩護的白髮男孩正好看過來，他眼神鋒銳凌厲，手指朝蔚可可比出了「三」的數字。

蔚可可睜圓眼，用口形無聲地問回去：三步還是三隻？剛不是只有一隻嗎？

下一秒響起的模糊抽氣聲，讓她和一刻都是一驚，反射性抬頭望向第三人的藏身處。

巫念君蹲踞在樹上，繁密的枝葉掩藏了他的身形，使得下方黑狐不易發覺他的存在。

一刻、蔚可可和巫念君是碰巧遇上的，由於後者戰力不足，因此基本上都是使用狐火幫忙照明。一旦碰上激烈的戰鬥，便乾脆往樹上躲，以防扯人後腿。

此時巫念君慌亂地摀著嘴，臉色發白，似乎也知道自己的動靜可能引來敵人。

是的，敵人。

巫念君明白被瘴入侵的巫小昊，不再是他那個嘴巴惡毒，但多少有所節制的堂弟了。

那是另一種截然不同的紅眼怪物。

巫念君低頭看著一刻他們，比出了數字「三」，接著手指依照順序，左、中、右各點了一下。與此同時，他的表情越來越駭恐。

蔚可可馬上就理解巫念君是在暗示敵人的位置。

眞的又多出了兩隻黑狐。

鬈髮女孩僵著身子，幾乎能聽見自己如擂鼓的心跳。從眼角處，她能瞥視到有一截漆黑的野獸吻部正慢慢從後方探出，那顆巨大的狐狸腦袋就在她的頭頂上方。

「跑！」一刻暴吼，抓在手中的白針快狠準地往他斜上方狠狠捅刺進去。

在那裡，是另一顆黑色的狐狸腦袋。

遭到突襲的黑狐發出尖高的嗥聲，紅眼如燃燒的鬼火。

位於中間位置，還未接近一刻他們藏身處的黑狐馬上被驚動。它露出森白獠牙，可還來不及加入圍擊，立即就有多團巴掌大的火球呼嘯飛來。

只不過那些火球的威力似乎太弱了，黑狐尾巴如長鞭一甩，小巧火球登時便「啪」地熄滅。

而這隻黑狐也察覺到巫念君的藏身處了。

宛如妖異紅燈籠的眼睛鎖定巫念君，看得後者冷汗涔涔。

就在他不知該跑或留在原地之際，驀地發現到眼前的景物出現偏移。

不對，是樹在倒下！

紅眼黑狐不知何時擺動狐尾，速度快得讓巫念君沒有注意到。當他意識到這個事實，樹木傾斜的角度已越漸加劇。

「巫學長！」蔚可可扭身避開朝自己揮來的利爪，但仍有幾縷髮絲被削斷，她反手便是向緊追自己的黑狐連珠放出三箭。

碧色箭矢像三道疾光，悍然沒入了黑狐體內。

蔚可可回頭，再次瞄準那隻盯上巫念君的黑狐放出一箭。

趁著下方紅眼怪物被轉移注意力，巫念君急忙躍下即將重重倒地的樹木。但他甫落地，就望見令他難以相信的一幕。

白髮男孩壓根像沒留意到大樹正在倒塌，爲了閃避那隻被他捅進一針的黑狐，筆直朝著這方向奔躍。

「小白！」巫念君焦急大叫，「危險」兩字還沒衝出喉嚨，就又聽到一刻喊了一聲。

「蔚可可！」

「明白！」

巫念君完全不明白這到底是怎樣的情況，他只知道自己看見蔚可可快速射出一箭。

那支碧綠光箭眨眼橫飛至一刻身前。

簡直就像事先演練過無數次，又或者是彼此間的強大默契所致，一刻完美抓住碧箭飛來的時機，足下使勁，一個箭步蹬上了箭身，再借力一躍。

那抹矯健身影瞬間有驚無險地從倒塌中的樹木上方翻躍過去。

但追在一刻後頭的黑狐就沒那麼幸運了，它全然不及閃避，陰影徹底籠罩住它。

「砰」的一聲，沉重的音響撼動了這塊區域。

黑狐的數量由三減為二。

「宮一刻，我們的攻擊好像起不了作用！」即使敵人減少了，蔚可可反倒愈發焦急地喊道。

一刻自然也發覺這個問題，否則他不會特意引其中一隻黑狐至大樹傾倒的方向。

不只蔚可可的箭，還有一刻的針，神使的武器絲毫沒有如平時般發揮效果，這情況實在太過異常。

巫小昊的狐尾只有一條，這說明他年紀尚輕，修為尚淺，就算被瘴入侵，也不該有辦法讓神使武器的攻擊變得無效。

更遑論神使還是瘴的天敵。

「但那棵樹卻能將剛剛那隻黑狐壓到死透。」一刻啞聲地說。他今天一整個晚上都在狂奔和喊叫，滴水未沾使他的喉嚨如今像有火在燒灼，「除非……」

一刻眼一厲，猝然間揚手朝向自己衝撞而來的黑狐劈出巨大的月牙白痕。

白痕宛如一把大刀，「唰」地切過了黑狐身體，連帶似乎嚇阻到另一隻黑狐的動作。

兩塊黑漆漆的物體摔墜在地，接著飄出縷縷黑煙。再接著，眾人眼睜睜看見了兩隻縮小一圈的紅眼黑狐成形。

「我操你媽的！」一刻的髒話聽起來帶有幾分自暴自棄的味道，「除非這幾隻都不是本體；除非必須打倒本體，它們才有辦法消失！」

「又或者是……」蔚可可乾巴巴地說，「像剛那樣，讓樹把它徹底壓個正著，總之就是要一口氣消滅？」

一刻和蔚可可面面相覷，在彼此眼中見到故技重施恐怕難以再成功的答案。

「宮一刻，我現在超希望萬里學長或曲九江在我們身邊……」

「啊，我也是……」

「抱歉，我插個話……所以說，這些分身就像是某種只有擊敗本體，才能破除的幻術？但、但是……」巫念君小心翼翼地說，「小昊本身可沒這種力量，他的幻術學習得七零八落，只有火焰與詛咒比較好一些。」

既然如此，這份詭異的力量又是從何而來？

一刻心臟重重一縮，剎那間如同醍醐灌頂。

這裡是哪裡？是本身具有致幻霧氣的無憂森林。

巫小昊在被瘴吞噬的時候，他的身邊還有……

「幹！是霧！」一刻忍不住咆哮出聲，「瘴不只吞了巫小昊，還有無憂森林的霧！」

換句話說，就是這些不可思議的霧，該死又不可思議地增強了瘴的力量。

一刻發誓，他絕對要痛揍巫小昊到對方哭著求饒也不停手，如果不是那死小鬼無端發什麼瘋，非要在這座森林引來瘴……

慢著，所以自己究竟在過去跟他結了什麼深仇大恨？

心念百轉間，一刻仍沒有停下動作。藉著巫念君的狐火照明，他與另兩人在林中奔跑穿梭，後頭是窮追不捨的三隻黑狐。

三條尾巴有若大小不一的鋒利鐮刀，凌厲凶狠地抽甩、揮動。有些較細的樹木甚至就這樣硬生生倒下，不是砸至地面，就是撞上其他樹木。

然而在一刻重新梳理過巫小昊當初的怒吼之前，他霍地意識到一件更重要的事。

霎時，像有盆冷水兜頭澆淋下來。

一刻背脊一涼，想到瘴會膨脹宿主的欲望，完成宿主想做之事。

巫小昊想宰了宮一刻。

既然如此，本體有可能離獵物太遠嗎？

一刻下一瞬就知道答案了。

前方幽暗處，冷不防亮起兩簇猩紅似血的光芒。

「咦……啊啊啊啊！」負責引路的巫念君還不曉得發生什麼事，就感覺到自己騰空飛了起來，接著重重被拋甩出去，撞上硬實樹幹的衝擊讓他當場差點岔了氣。

體型比其他分身都要大上一圈的紅眼妖狐堵住了一刻他們的去路，它露出接近獰笑的表情，張嘴便吐出碩大熾烈的火球。

如同呼應本體的動作，三隻包夾在一刻、蔚可可後方的黑狐也噴吐出灼灼烈火。

被排除在目標外、像是不被放在眼內的巫念君煞白了臉，尖叫地大吼，「巫小昊住手！住手！你傷了神使絕對會被副族長宰的——巫明昊你這個蠢貨啊！」

第十三章

在近乎撕聲裂肺的大吼中，眼看熾烈的火焰和高溫就要舔舐上一刻和蔚可可——說時遲、那時快。

一條嬌小人影從天而降，像道最敏迅的紫色閃電，落足在蔚可可身前。

人影手臂一揚，抓持在指間的淡紫洋傘瞬間如一朵華麗大花盛綻。滾綴在傘緣的蕾絲花邊彷彿獲得意志的增長，不但將她與蔚可可完全遮覆於後，更將正面飛來的滾滾火球徹底隔絕在外。

火焰猛力衝撞至傘面，可見到赤亮的火光在閃耀。然而該是柔軟的布料，卻猶如最堅硬的盾牌，沒有絲毫損壞。

眼內納入那條人影的蔚可可反射性摀上嘴，瞳孔猛地收縮，喉頭像是有股灼熱霍然哽住，那熱度直衝上她的眼眶，幾乎逼出了她的眼淚。

就在同一時間，另外三方的火焰也被一股更悍然的緋色一舉吞噬。

緋紅色的烈火簡直像是張牙舞爪的猙獰野獸，背上甚至延展出一對炎之翼。

這隻龐大炎獸迅雷不及掩耳地吞吃掉全數想攻擊一刻他們的火焰，旋即一迴身，竟連三

隻黑狐也被一口氣吞沒了。

眨眼間就在鳴火之炎裡消失殆盡，連重新聚形的機會也沒有。

巫念君呆滯地看著眼前這一幕，過度的震驚讓他只能張著嘴，卻忘了如何擠出聲音。

「小白，你要是被那種沒用的火焰傷到，丟了我的面子，我會嘲笑你一輩子的。」低滑傲慢的男聲從幽幽林間傳來，一名身形修長的紅髮青年走了出來。前一秒凶猛吞去三個分身的可怕火焰，纏繞在他的臂膀上時，卻像再溫馴不過的寵物。

看著青年俊美的臉孔，看著他銀星似的瞳和熾艷的髮，巫念君震懾於對方驚人的妖力之餘，也深深覺得心都碎了。

原來……「小九」真的是男的……

一刻沒有理會曲九江刻薄的諷刺，他立即轉身面對僅存的黑狐本體。可當他望見那抹背對的嬌小人影，臉上的凌厲頓時被驚愕取代。

那頂大大的紫色尖頂帽，充滿緞帶與花邊元素設計的紫色華麗小洋裝，腳上套著短靴，以及菱紋膝上襪，還有那支熟悉得不能再熟悉的淡紫洋傘。

除了體型不對以外，那背影怎麼看都像是……

宛如察覺到身後的注視，留著一頭黑直髮的小女孩側過臉，露出了一張精緻、但缺乏表情的蒼白臉蛋。黝黑的眸子像是無機質的玻璃珠，乍看之下，就像尊漂亮的人偶娃娃。

但對一刻和蔚可可來說，那分明就是年幼模樣的秋冬語！

「晚上好……」秋冬語淡淡地對一刻點了下頭，接著那雙墨色大眼睛停留在蔚可可的臉上。

然後，那張白瓷無瑕的面龐上露出了小小的笑意，原本無波的眼珠也泛出溫柔的漣漪。

「拉勾了，會保護好可可……接下來，交給我。」

輕飄飄的嗓音無比清晰地進入了蔚可可耳內，沒什麼能將之遮掩住。

蔚可可必須死命地摀住嘴巴，才有辦法不讓哽咽聲溢出來，但淚水已然控制不住地淌落臉頰。

「不准妨礙！誰也不准妨礙我啊！」火焰被阻的黑狐暴怒嗥叫，紅眼像翻滾的血海，張嘴又是連連噴吐出數團火球。

但是，無一不被看似脆弱的蕾絲洋傘攔截揮擋。

秋冬語腳尖一蹬，小巧身形頓如疾箭拔出，快得黑狐壓根來不及捕捉。即使尾巴像鐮刀般甩出，割裂的也不過是一片殘影。

「欺負可可……不原諒……」秋冬語洋傘閉攏，宛如一柄最鋒利的西洋劍。轉瞬間，閃爍著森冷寒光的傘尖已逼近黑狐的紅眼前。

黑狐駭然地睜大眼，卻已避無可避。

噬人的劇痛從眼珠中心乍然迸發。

蕾絲洋傘的傘身大半都沒入了瘴的一隻眼睛中。

隨著洋傘一抽，噴濺出來的不是大股血液，赫然是大片大片的黑暗煙霧。

「啊啊啊啊啊！」粗厲的咆哮響徹林中，黑色紅眼怪物的身軀霍地又漲大了一圈，頓時連原本的妖狐相貌都蕩然無存。

更多條形似尾巴的粗大黑影瘋狂甩揮，就像漫天長鞭在森林中擊舞，樹枝被割裂，樹幹被攔腰斬斷，大把枝葉垮落下來。

眼見黑影向自己襲來，一刻眼疾手快地揮針斬出白痕，硬生生將那截黑影斷成了兩半。

蔚可可也不顧臉上淚痕，馬上投身戰場，抓緊間隙敏捷穿梭。

她一氣呵成地搭弓、拉弦、放箭，碧光似流星般拖曳出長長軌跡，最末皆是精準地撞上了那團漆黑的龐然大物。

曲九江咂了下舌，在這混亂的境況下，他的火焰反倒不好發揮，於是乾脆全數滅去，銀瞳與赤髮依舊，可下巴至臉頰處竟攀附上潔白花紋。

下一剎那，兩把烙著同色白紋的長刀就出現在曲九江手中。

狼狽躲竄的巫念君沒有錯過曲九江乍現的武器，他不敢相信地瞠大眼，神力的氣味怎樣也難以忽視。

這怎麼可能？怎麼可能？既是妖怪也是神使……他這輩子從來就沒聽說過！

「爲什麼……妖怪爲什麼會是神使？這太荒謬了啊！」瘴顯然也大感震驚，攻擊動作甚至因此而慢了一拍。

這一拍，卻足以讓一道清脆嘹亮的叫喊貫穿黑夜與霧氣，直達所有人耳內。

「全部趴下！」

那是鈴蘭草的聲音。

蔚可可不假思索地拉過秋冬語，抱著她迅速臥倒於地。一刻的手段就粗暴了些，他直接拽著曲九江，把人重重往地上按。

那是在剎那間發生的事。

被粉綠和淺白包裹住的綠髮少女，抓住樹枝盪了出來，在她飛身向前的同時，身上釋放出一團白光。

炫目的光芒轉眼將鈴蘭草完全包覆，但衝向瘴的勁頭沒有絲毫減弱，就像一枚火速前進的白色砲彈。

而且那枚砲彈的體積還在漲大、更漲大。

隨著光芒終於盡數剝離，撞入在場眾人視野內的，赫然是體型與黑獸不相上下的白色巨貓。

拖著兩條尾巴的白貓露出鋒利的尖牙和爪子，淺碧色瞳孔閃晃著悍然的戰火，迅雷不及掩耳地撲上因呆愣數秒而露出空隙的敵手。

一黑一白的兩隻巨獸即刻纏鬥成一團，爪子撓抓、尾巴如鐵鞭揮甩、尖牙毫不留情地撕咬，登時激起一片飛沙走石。周邊樹木被撞得東倒西歪，有些撐不住的，則發出了撕裂般的聲音，朝一旁倒下。

一刻他們張口結舌地看著在眼前上演的混亂場面，幾乎以為自己在看怪獸片。他們一時甚至忘了仍處於戰圈中，不小心就會被橫倒的樹木、斷裂的樹枝波及到。

是一道驚慄的叫喊提醒了他們。

「小白！小心上面！」

一刻猛地抬頭，映入大睜眼瞳底的，是直直砸下的一蓬枝葉。

「情緒是種奢侈，不可以沉溺。」（出自《下城故事》）

千鈞一髮之際，淡色光芒平空出現，化作一座巨大壁壘，將裡頭的人護得結結實實，確保他們不會因兩隻巨獸的凶猛鬥爭遭到池魚之殃。

這是……一刻心裡馬上跳出一個人名。

「萬里學長！」但最快喊出來的是蔚可可。她不自覺緊抓著秋冬語的一隻手，彷彿深怕自己抓到的只是一場幻覺，說什麼也不敢放開。

「還、還有我和小芍音啊，小可！」柯維安不甘寂寞地連忙喊道。他喘著氣地被符芍音從其中一方拉了出來，那模樣乍看下，就像是他被符芍音牽著跑。

巫念君眼睛瞪得更大，感覺到碎了一地的心霎時被碾得更徹底了。

之前曾見過的女孩子外表碎個精光，此時倒映入巫念君眼內的那張娃娃臉，怎麼看都是男孩子。

和「小九」一樣，「小安」果然也是男的啊……巫念君覺得這世界真的是太令人絕望。

一跑出來，柯維安就先被眼前的光景嚇得說出了「我靠」。

「怪獸大戰？」符芍音睜大紅眸，眸裡似乎有股不易察覺的興奮在閃耀。

「事實上，是鈴蘭草對上瘴呢。」安萬里從容地走進一刻他們的視線裡。他看起來依舊一身優雅清爽，彷彿此刻置身滿室書籍的房間，而不是騷動、混亂重重交疊的戰鬥現場。

安萬里一彈指，固若金湯的光之壁壘登時敞開一面，讓他與柯維安、符芍音能夠進入。

「喔，原來是鈴蘭……我靠靠靠！鈴蘭草!?」柯維安欲邁出的步子一頓，他猛地看向笑得溫和沉穩的安萬里，再用像會拉傷脖子的力道，不敢置信地瞪著佔了上風、凶暴異常的白貓。

黑獸簡直被貓尾和貓掌抽得毫無招架之力。

要不是它是瘴，柯維安差點都要心生同情了。

「但、但是，鈴蘭草不是植物系妖怪嗎？說好的原形是鈴蘭呢？」柯維安呻吟地嚷，同時也嚷出了一刻他們心中的疑問。

「咦？我一開始不就說自己是西山妖狐族長旗下的第二十三支眷族，還說過我的擇偶對象是像老大那樣的帥狐狸，從來就沒講過我的眞身是鈴蘭呀。」

脆生生的悅耳嗓音進入守鑰結界，語氣聽起來一如和柯維安他們相處時的靦腆甜美。

然而一邊回應柯維安之際，鈴蘭草一邊還將瘴壓在地上，正暴力又歡快地用貓掌「啪啪啪」地抽打對方黑色的腦袋。

「媽啊……」柯維安敬畏地再次說出眾人的心聲，隨即他注意到瘴會完全屈居下風的原因。

那隻黑色巨獸不知何時被鑽繞出來的鈴蘭莖葉牢牢纏縛住。不只如此，它的多條尾巴還僵凝在半空中，呈現古怪的角度，彷彿被人施了定身術，只能像座雕像，全無還手之力。

柯維安瞬時想明白了，是鈴蘭草那招據說連鳴火、守鑰、神使都有辦法釘住的法術。時效雖說不長，但要對付黑巨獸，絕對是綽綽有餘了。

正當他反射性想再追問貓妖是如何操縱鈴蘭的，視線霍然被蔚可可抓著不放的嬌小人影攫住，頓時所有好奇疑問都比不上眼內所見。

「小小小……小語！」柯維安管不住尾音的顫抖，等到一身魔法少女裝扮的小女孩回過頭來，他不管三七二十一，狂喜不已地飛奔上前，「眞的是小語啊啊啊！求抱一個吧！我的小天……噗！」

這是柯維安一頭撞上平空擋在他前方光壁的聲音。

柯維安覺得自己整張臉都要扁了，可再痛也比不上瞧見年幼外表、可愛得和符芍音不相上下的秋冬語對自己張開洋傘，活像是防範變態的心痛。

「小柯也，晚上好……」秋冬語見柯維安衝不過來後，收起洋傘，有禮地打著招呼。

「維安，你要是撲過去，被十炎知道的話，當心被拆得連根骨頭也不剩喔。」任憑娃娃臉男孩摀著鼻跌坐在地，安萬里悠悠然地說，目光卻也沒有離開兩隻巨獸。

術法結束的時間很快就要到了。

「我猜你們有很多問題想問，我可以先挑我知道的告訴你們。一，鈴蘭草眞的是貓妖，只不過她選擇了用鈴蘭作爲武器，就連術法修行上也是走操控植物的路線，她身上可是有很多鈴蘭種子供她使用。」

「二，我是半路碰上芍音和維安的，順便解決了追著他們的狐狸。三，我眞不曉得小語會來這的事。」

接收到諸多滿是不信、或赤裸裸寫著「你這個邪惡黑心的騙子」的眼神，安萬里只能苦笑地做投降狀，「眞的沒騙你們了。」

「嗯，沒騙……」秋冬語飄渺的話聲解救了安萬里。

她摘下尖頂帽，點點頭，小手依然握著蔚可可不放，「副會長……不知道，是請八金載我來……」

八金？一聽到熟悉的烏鴉名字，一刻等人下意識仰頭朝上望。

直到這時，秋冬語才完整地說完話，「……又飛走了。」

「小語，妳話說一半對人心臟不好啊。」柯維安爬了起來，假意埋怨道，可眉眼完全掩不住再見到秋冬語的驚喜。

倏地，鈴蘭草的聲音又傳了過來。

「哈囉，可以麻煩一下嗎？收尾我是沒辦法的，得要靠你們神使了。」

不知不覺，外貌是黑色巨獸的瘴已被白貓打得奄奄一息，萬分狼狽地被踩踏在底下。

白貓跳了下來，一晃眼回復為綠髮碧眼的甜美少女。

鈴蘭的莖葉仍牢固地綁縛著瘴，使之動彈不得。

一刻看了眼蔚可可和秋冬語緊握的手，他朝鈴蘭草點下頭，提起白針，走出逐漸消隱的結界。

不同於開頭或中間的轟轟烈烈，這場戰鬥的結尾可說是平平淡淡。

白針俐落貫穿了瘴的身軀，奪走那雙猩紅眼瞳的僅存光芒。

隨著紅眼完全暗滅下去，龐大的黑色軀體一起迅速縮小，改變樣貌……

不過片刻，就換成一名昏迷不醒的黑髮少年倒在地上。

「巫小昊！」乍見自家堂弟身上的瘴被消滅，巫念君忙不迭衝前，緊張地檢查對方的狀況。

人是他帶來無憂鎮的，要是眞出了什麼差錯，他回去後肯定會被扒一層皮。

「天啊，這是剛剛被貓……呃，貓小姐打出來的瘀青嗎？臉都腫了……」巫念君語氣不自覺變得恭敬，就怕冒犯到鈴蘭草，他可是有聽到對方說自己是西山妖狐族長旗下的眷族。

但凡西山妖狐的每一分子都知道，他們偉大英明的族長，可是將貓咪視爲同樣重要的子民看待。

況且鈴蘭草是雙尾貓妖，實力和年紀都碾壓他和自家堂弟一截。

「不是我打的，對瘴造成的傷不會留在宿主身上唷。」鈴蘭草很乾脆地否認，搖搖晃晃地走向了一刻等人，留下巫念君一臉懵懵地看著堂弟布著瘀傷、活像是調色盤的臉。

一刻絲毫沒想主動坦承，他決定等眼前事情處理好，再過去和巫小昊好好地算、個、總、帳。

托巫念君的福，他總算記起巫小昊是誰了。

「呼啊……」鈴蘭草打著哈欠，眼皮開始要掉不掉的，「在我昏倒前，我先把該說的事說完吧。」

鈴蘭草眸子滴溜一轉，像是在物色誰最適合當她昏倒後的靠墊。放眼望去，現場完全符合她喜好標準的就只有——

蔚可可背後一寒，驚恐警惕地一手護在胸前。

鈴蘭草還沒流露遺憾，又見到陌生的黑直髮小女孩面無表情地擋在蔚可可身前。

鈴蘭草不認得那名小女孩，可認得出那套衣服是魔法少女夢夢露的打扮。再結合安萬里等人與對方的親暱，她馬上推斷出來，小女孩想必和胡十炎關係匪淺。

「不會亂來的，我發過誓了嘛，而且那次觸感還令我回味不已呢嘿嘿。」鈴蘭草十指交抵，笑容純真。

「哇！就說不要回味啦！」蔚可可滿面通紅地喊。

「嘿嘿嘿嘿。」鈴蘭草自顧自地笑，明明是清純可人的姿態，卻笑得眾人毛骨悚然。

「正事，鈴蘭草。」安萬里提醒道。

「沒忘的。」鈴蘭草指尖抵著唇，碧眸眨了眨，努力眨去幾分睏意，「能那麼快找到你們，也多虧那位杜松蘿了。關於她之前做的事，妖委會已經知道，她說絕不會再犯，願意反省彌補，會正大光明地重新尋找她新的妖生春天。」

「那她人呢？還有其他妖委會的人呢？」柯維安憋不住好奇地舉手問，再怎麼東張西望，都沒見到鈴蘭草以外的人影出現。

「因爲我腳程最快，又有杜松蘿的松蘿幫忙指路，乾脆就一馬當先衝過來囉。其他人嘛，哎呀……」鈴蘭草忽地撓頭傻笑，「換他們忘記自己是誰、人在哪裡了，所以現在是杜松蘿小姐在想辦法利用自己的霧，努力讓他們回想起來呢，晚點就會過來這接你們出去的。」

聞言，所有人不禁驚呆了，這發展未免也太扯了吧？

就在一刻黑了臉，想破口大罵「你們妖委會X的不能再更靠譜嗎！」的刹那間，綠髮少女就像驟然被抽光力氣，軟綿綿地倒下。

安萬里嘆氣，只能伸手接住那具纖細的身子，將她先安置在一旁。

鈴蘭草嗓音一消失，林中頓地又陷入短暫的寂靜。

大夥目光忍不住又落至秋冬語身上。

蔚可可看得最仔細，她從來沒有想過，能這麼快再見到秋冬語鮮明的身影出現在自己面前。

即使外貌稚嫩，可是有著溫度、會說話、會對自己綻放出小小的笑弧，眸底浮閃著月光似的溫柔。

當對方白皙的小手貼上自己臉頰，再眞實不過的觸感告訴她這不是幻覺，蔚可可露出大大的笑容，同時停住的眼淚再次溢出眼眶。

豆大的淚珠就像控制不住般直直掉落。

「是真的……」蔚可可先是小小聲地自言自語，緊接著又哭又笑地大力抱緊了那具嬌小身軀，「真的是真的小語！我這一次……這一次……終於能好好地抱住妳了啊……」

鬈髮女孩的聲音滲入哽咽，隨後像是再也無法按捺地嚎啕大哭，宛如要將積壓了一年半的淚水和當初的悲慟哀傷，全數傾瀉出來。

「可可，不哭……」秋冬語稍稍和蔚可可拉開距離，讓一雙手能夠覆在蔚可可的臉上。

她不記得一年半前發生過什麼，她知道的都是旁人告訴她的。

可是見到蔚可可放聲哭泣的模樣，她只覺胸口處又酸又澀，接著那感覺一路蔓延至她的眼眶。

「不要哭……」秋冬語細聲細氣地說，卻似乎對自己臉上也淌下的透明液體渾然未覺，「我會……難過……」

誰也沒有出聲打擾她們。

就算是刻薄如曲九江，從頭到尾也沒有說出一個字。

哭了好一陣子，蔚可可像是終於察覺到自己失態，也像猛然想起身邊還有其他人在。她慌慌張張地抹去眼淚，翻找起身上的面紙。

「拿去。」一刻丟出一包印有小熊圖案的面紙，剛好正中蔚可可的額頭。

「會痛啊，宮一刻！」蔚可可下意識氣鼓鼓地抗議，隨後她破涕爲笑，抽出面紙替自己也替秋冬語擦去眼淚。

哭一哭後，蔚可可總算感到情緒穩定多了，但仍是和秋冬語手牽得緊緊。

當年黑長髮女孩在她面前破碎爲結晶的畫面嚇壞了她，她再也不要什麼都抓不住。

「對了，小語，八金怎麼會載妳來這？」柯維安立刻擔起活絡氣氛的責任，裝作沒看見一大一小紅通通的眼睛。

「老大說，無憂鎭的鈴蘭草……會騷擾像可可的女孩子。」秋冬語不太適應地眨眨因爲落淚而痠澀的眼睛，這是她第一次有這種體驗，「記得可可在無憂鎭，擔心她……請老大幫忙，再找紅綃幫忙……」

「咦？」忽然冒出的人名令柯維安等人一愣。

「小語是指，紅綃替妳製造了一具外出殼，對嗎？」接話的是安萬里，他蹲下身，眼含笑意地與秋冬語平視，「就和我一樣。」

「咦咦咦？」一瞧見秋冬語頷首，柯維安震驚地拔高了音量，頃刻間弄明白了安萬里的意思，所以他才會如此驚訝，「也、也就是說，小語其實還沒……」

「本體，在公會裡。意識……接到外出殼上，只能維持五天。」秋冬語回望向蔚可可，「可可……會討厭嗎？」

「不討厭！絕對不可能會討厭的！」蔚可可大力搖著頭。就算得知秋冬語實際上還未化出人形，心底有絲失落浮出，可同時也由衷感謝著能夠再次以這樣的形式碰面。

「那可可……有被騷擾嗎？」

「哎？」

「有？」

「不……沒有、沒有！」沒想到話題冷不防轉到這，蔚可可愣怔後連忙強烈否定，一點也不想讓秋冬語知道自己被襲胸的事。爲了轉移注意力，她立刻再問，「小語是怎麼找到我們在這裡的？很厲害啊！」

「嗯……」秋冬語想到前些天陪著胡十炎看的動畫裡頭，有個角色的台詞是這樣的，「因爲……愛？」

說著，黑直髮小女孩還認眞地用雙手比出一個愛心。

「夭壽萌……」柯維安摀著心臟，覺得自己要不行了，接著他望見一刻忽地往巫念君和巫小昊所在位置走去，「小白？小白，怎……」

柯維安驀然吞下話，發現一刻的背影不知爲何散發出奇異的肅殺感，那氣勢簡直像是要去找人狠狠地秋後算帳。

算誰的帳？當然不可能是巫念君，那麼就只有可能是……

喔喔喔喔！柯維安激動得眼都亮了，他嗅到八卦的味道啊。

柯維安立刻想起不久前瘴喊的那些話。難道、莫非，真的有著驚人的內幕？

「宮一刻怎麼了？一副想去宰人的樣子耶……」蔚可可不明所以，但還是能讀出白髮男孩周身的險惡氛圍，「就算他對巫小昊很火大，以他的個性，也不可能痛扁一個還沒醒過來的人吧？」

蔚可可無心的話語，卻讓其他人瞬間串連起某些線索。

與一刻認識至今，安萬里等人知道對方基本上不會趁人之危。反過來說，如果一刻真的要做這事，就表示——恐怕他和巫小昊之間，是真的存在「某些糾葛」的。

安萬里露出意味深長的笑容，馬上帶頭跟上，當然是打著「關心學弟」的旗幟。

神使公會的副會長可不會承認，自己其實也是個熱愛八卦的男人。

巫念君一看見殺氣騰騰的白髮男孩，再看見後頭跟來的一票人，登時一顆心七上八下的，不曉得是發生什麼事。

巫念君憂心忡忡地想，自己是不是該把惹出一切的堂弟丟下呢？嗯，爲了小命著想，還是丟下吧。

就在巫念君準備腳底抹油之際，陰惻惻的吼聲猝然響起。

「花襯衫的，給老子站住！」

「啊，是！」或許是一刻的命令太有魄力，巫念君還眞的反射性立正站好，隨後才慢半拍地驚覺到，對方針對的目標原來是他嗎？

「等等等一下！為什麼是我？我什麼事也沒做啊！」巫念君惶恐地喊，在見識過一刻他們的戰鬥力後，他徹底明白自己根本拚不過。

既然打不過，就求饒！

只不過巫念君還來不及付諸行動，就聽見一刻陰沉地再開口。

「你堂弟，叫什麼名字？」

「咦？巫、巫小昊啊……」

「我問的是全名啊！」

「咿！是巫明昊！他全名其實叫巫明昊！只是平時喊巫小昊喊習慣了，所以才……絕對不是故意隱瞞不說的！」巫念君滔滔不絕地解釋，就怕無端掃到颱風尾，「呃……是說他的名字怎麼了嗎？」

「他是不是巫者的繼承人？」無視巫念君戰戰兢兢的語氣，一刻不耐煩地再問。

然而他這質問一出口，巫念君就愣住了。

巫者是他們西山妖狐的巫師兼占卜師，巫小昊確實是下一任繼承人。

可是，爲什麼這個神使會知道？

巫念君看向一刻的眼神頓時滿是戒備，但沒想到蔚可可同時發出了恍然大悟的驚叫。

「巫者？巫明昊……啊啊啊啊！明昊!?」鬈髮女孩瞪圓一雙大眼睛，表情卻格外古怪，像是震驚中揉合著想要爆笑的衝動，「我的天啊！宮一刻，眞的假的？」

「……妳、說、呢？」一刻的口氣聽起來和「他媽的別問了」差不多。

可這態度，無疑證明了蔚可可的問話。

蔚可可看看神色鐵青的一刻，再看看地上未醒的少年。她反射性摀住嘴，可還是藏不住那溢出的噴笑聲，肩膀更是一聳一聳地顫動。

「小可，到底是怎麼了？小可？」柯維安被好奇心撓得心癢難耐，忙不迭地連連追問似乎知道內幕的蔚可可。

「看起來，可可學妹知道小白和那個小妖狐間曾發生了什麼事，對吧？」安萬里微微一笑，「可以告訴我們嗎？」

「蔚可可！」一刻立即惡狠狠地警告。

「哎唷，你自己都說出來過了……」蔚可可像是再也忍耐不住，抱著肚子蹲在地上大笑，「噗哈哈哈！眞的是我的天……我絕對要跟老哥還有織女大人他們講！這實在是……巫小昊竟然就是當初的那個明昊？宮一刻你和他也太有緣了啦！你居然還成為人家的心靈創傷？哈哈哈哈！」

蔚可可的這番話，無形中透露出太多訊息。柯維安他們又都是聰明人，半晌後便發覺到一件驚人的眞相。

「討厭，笑得好難過……」蔚可可抬起頭，抹去眼角的淚水，興沖沖地和秋冬語分享起整件事的來龍去脈，「小語、小語，我跟妳說喔。宮一刻以前在追捕瘴的時候，反倒被清醒後的宿主誤會，以為他是壞人，要把自己賣到黑市，所以就詛咒他會失去最寶貴的東西。結果啊，宮一刻就變成了女孩子！」

在場男性在這瞬間都對曾喪失寶貴之物的一刻投予同情的目光。

一刻壓抑住想給每個人一拳的衝動。

「然後？」符芍音也聽出興趣了。

「然後那個詛咒宮一刻的小孩，卻在不知情的情況下，對變成女孩子的他一見鍾情了，聽說還立刻提出交往……」蔚可可努力地再憋著笑，以免話說得斷斷續續。

「知道眞相後，那個小孩就認為宮一刻一定是居心不良才接近他，是個徹頭徹尾的大壞人。然後那個小孩的名字就叫作明昊……哈哈，我眞的沒想到他原來就是巫小昊……是說左柚也沒提過巫小昊大受打擊，結果把宮一刻忘記的事呢。」

「等一下！妳剛說誰？」本來還在爲堂弟的中二病而羞愧的巫念君瞪大眼，震驚地看著自己的社團學妹，壓根沒料到會從對方口中聽見那個名字，「左柚大人？我們的副族長？爲什麼可可妳會認識啊！」

「哎？」蔚可可納悶地眨了眨眼，「因爲左柚是朋友啊，小安他們也都認識的，而且宮一刻就是左柚的妹……弟弟！」

注意到一刻凶狠的瞪視，蔚可可趕緊改口。像是要證明自己所言不假，她找出存在手機裡的照片。

那是她和一名有著金褐髮絲、金色眼瞳、氣質楚楚可憐的美麗少女的合照。

巫念君張著嘴巴，久久不能闔上。

和蔚可可一起合影的，就是他們族裡宛如女神般存在的副族長。

啊，怪不得女神曾嚴令交代過，不能傷害神使……

巫念君感到一陣恍惚，一時也忘了深究四尾妖狐怎麼會有一個人類弟弟。他低頭望著尚不醒人事、不知大禍臨頭的堂弟，最後咬咬牙，決定還是盡點堂哥的責任。

巫小昊，你哥也只能幫你到這裡了。

「小白，待會你要揍這小子的話，拜託盡量別打臉了！」巫念君大聲地低頭請託。

一刻沒有拒絕，反正他早就打過巫小昊的臉了。他扳折著指關節，臉上沒有表情，可任誰都能看見他眼中的猙獰。

夜還很長。

「小芍音、小語，我們到旁邊去，男生打架沒什麼好看的。我們來想明天可以去哪玩，嘿嘿，我可以當小語的導遊啦。」蔚可可果斷地牽著兩名小孩遠離即將發生的暴力現場。

安萬里聽完想知道的八卦，也打算心滿意足地退開，然而有兩隻手無預警地自後搭上他的肩膀，阻止了他的腳步。

「不用走那麼急的，學、長。」雖說用上了敬稱，但那傲慢的嗓音可聽不出任何尊敬的意味，「我覺得是該實現小白對我做出的承諾的時候了，我非常、非常地期待。」

「哎唷，我也是超級期待呢，副會長。」另一道聲音笑嘻嘻地說，「反正回去公會後，都要被師父卡嚓、被老大卡嚓，那再多一個你好像也沒差。既然如此，乾脆就把握這千載難逢的機會，偶爾和室友C合作似乎也不錯。」

小白做出的承諾？

……噢。

安萬里笑意微僵，想起一刻確實曾在火車上說過這樣的一句話。

「把火收起來，曲九江。下車後隨便你想對學長做什麼，現在先收起來，聽到了沒有？」

安萬里慢慢轉過身，映入眼內的是冷笑的曲九江和摩拳擦掌的柯維安。前者下巴至頰邊的白色神紋，和後者額上的金色神紋都是如此醒目。

安萬里眞的後悔接下這次無憂鎭的任務了。

而夜，眞的還很長。

〈芍音與花〉完

後記

安萬里最後的下場究竟如何～～

嘿嘿嘿，不告訴你們，任憑你們想像了XD

這次在寫番外的過程中碰到了不少波折，家裡有點事發生，然後大綱一直搞不定……但總算到最後，還是順利地把番外生出來了！

〈芍音與花〉裡面根本是我的私心大爆發，一口氣把這樣那樣的妄想通通來一遍。

雖然不是眞正的性轉，不過一〇一寢三美男還是成爲他人眼中的大美女了。

在這裡我要特別感謝夜風大萌神，感謝她完成我的野望，看看拉頁上的那三位美少女，是不是很迷人？很讓人想撲上去？

於是我撲上我的電腦螢幕了。

還有絕對要感謝辛苦的編編啊～～～～對不起讓妳那麼晚才收到全部的稿子（土下座）

本來還信心滿滿地想著要在一定的字數內說完一個故事，沒想到每個角色都很任性地想

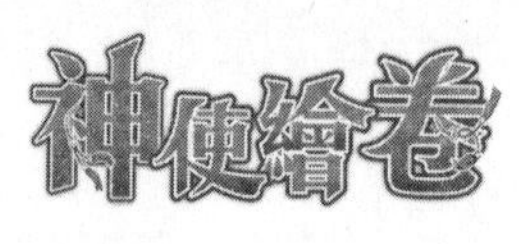

要自由發展，結果就……就……就變成大家現在看到的這樣了。

其實當中變動的不只是大綱，還有鈴蘭草這位美少女的設定。

咳，在最開始的時候，給夜風的人設是清純可人的土地神，之後種種原因就成了無憂鎮的妖委會副會長，然後個性上也……你們懂的。

最後夜風大告訴我，她對鈴蘭草的清純印象全部碎光光了，看到她就只能想到ლ(ˋεˊ)ლ這樣的符號。

呃，但是這樣的鈴蘭草也還是很可愛的嘛…………

總之，小白他們的故事暫時在番外裡告一段落了，感謝大家對這群神使們的支持～接下來，我們新的故事見了！

p.s.小白和巫小昊最初的「糾葛」，請見《織女》番外〈夏日騷亂〉！

醉琉璃

【新書預告】

春秋異聞

暑假尚未結束，綠野高中的宿舍卻已迎來好幾名新生。
笑咪咪的狐狸眼少年、氣質神祕的眼鏡少女；
隨時隨地變出零食的小胖子、身家優沃的傲嬌大小姐，
以及，不喜與人親近的高顏值雙生子。

新同學們太有個性，讓容易緊張的夏春秋壓力山大。
人際關係還在摸索，宿舍裡卻頻頻發生怪事。
而這一切，都是從走廊上的窗戶被打破時開始的……

第一夜・夏夜譚

2016夏，火熱推出！

國家圖書館出版品預行編目資料

神使繪卷.番外,芍音與花／醉琉璃 著.
——初版. ——台北市：魔豆文化出版：蓋亞文化
發行，2016.05
面； 公分.（Fresh；FS109）
ISBN 978-986-5987-91-6
857.7 105005319

番外 芍音與花

作者／醉琉璃
插畫／夜風　封面設計／克里斯
出版社／魔豆文化有限公司
地址◎ 台北市103赤峰街41巷7號1樓
電話◎（02）25585438　傳眞◎（02）25585439
部落格◎ gaeabooks.pixnet.net/blog
臉書◎ www.facebook.com/Gaeabooks
電子信箱◎ gaea@gaeabooks.com.tw
投稿信箱◎ editor@gaeabooks.com.tw
郵撥帳號◎ 19769541　戶名：蓋亞文化有限公司
發行／蓋亞文化有限公司
法律顧問／宇達經貿法律事務所
總經銷／聯合發行股份有限公司
地址◎ 新北市新店區寶橋路二三五巷六弄六號二樓
電話◎（02）29178022　傳眞◎（02）29156275
港澳地區／一代匯集
地址◎ 九龍旺角塘尾道64號龍駒企業大廈10樓B&D室
電話◎（852）2783-8102　傳眞◎（852）2396-0050
初版一刷／2016年05月
定價／新台幣 240 元
Printed in Taiwan

ISBN／978-986-5987-91-6

魔豆

魔豆